ANNE RICE (Nueva Orleans, 1941) es autora de las siguientes novelas, muchas de ellas agrupadas en series: *Crónicas vampíricas (Entrevista con el vampiro, Lestat el vampiro, La reina de los condenados, El ladrón de cuerpos, Memnoch el diablo, El vampiro Armand, Merrick, Sangre y oro, El santuario, Cántico de sangre, Príncipe Lestat, Príncipe Lestat y los Reinos de la Atlántida); Nuevos cuentos de vampiros (Pandora, Vittorio el vampiro); Las Brujas de Mayfair (La hora de las brujas, La voz del diablo, Taltos);* novelas independientes (*Un grito al cielo*) e independientes de tema relacionado como La noche de todos los santos, *La momia o Ramsés el maldito, El Sirviente de los Huesos* y *Violín;* Crónicas del Lobo (El don del lobo); novelas escritas con los pseudónimos de Anne Rampling (*Hacia el Edén, Belinda*) y de A. N. Roquelaure (*El rapto de la Bella Durmiente, El castigo de la Bella Durmiente, La liberación de la Bella Durmiente, El reino de la Bella Durmiente*); la trilogía El Mesías (*El niño judío, Camino a Caná*), reinterpretación de los Evangelios; y Crónicas Angélicas (*La hora del ángel* y *La prueba del ángel*). Todas sus obras han sido publicadas por Ediciones B.

Papel certificado por el Forest Stewardship Council®

MIXTO
Papel procedente de
fuentes responsables
FSC® C117695
www.fsc.org
FSC

Título original: *Of Love and Evil*

Primera edición: abril de 2018

© 2010, Anne O'Brien Rice
© 2011, 2017, Penguin Random House Grupo Editorial, S. A. U.
Travessera de Gràcia, 47-49. 08021 Barcelona
© Pedro Jorge Romero, por la traducción

Printed in Spain – Impreso en España

ISBN: 978-84-9070-522-3
Depósito legal: B-5.794-2018

Impreso en Novoprint
Sant Andreu de la Barca (Barcelona)

BB 0 5 2 2 3

Penguin
Random House
Grupo Editorial

La prueba del ángel

ANNE RICE

Para mi hijo Christopher Rice
y
mi amigo Gary Swafford

Conviértete en mi ayudante. Conviértete en mi instrumento humano para cumplir con mi labor en la Tierra.

Abandona esta vida vacía que has creado para ti y ofréceme tu ingenio, tu valor, tu inteligencia y tu singular gracia física.

Di que estás dispuesto, y tu vida se apartará del mal; confírmalo, y de inmediato quedarás inmerso en el peligro y la pena de intentar hacer lo que es incuestionablemente bueno.

El ángel Malaquías hablándole
a Toby O'Dare en *La hora del ángel*

Dios se aparece, y Dios es luz,
a esas pobres almas que moran en la noche;
pero forma humana muestra
ante aquellos que habitan en las regiones del día.

De *Augurios de la inocencia*,
de WILLIAM BLAKE

Somos todos ángeles de una sola ala, y sólo
podemos volar si nos abrazamos a otra persona.

LUCIANO DE CRESCENZO

1

Soñé con ángeles. Los vi y los oí en una interminable noche galáctica. Vi las luces que eran los ángeles, volando de un lado a otro, dejando marcas de un brillo irresistible. Algunos tan grandes como cometas que parecían acercarse tanto que el fuego podría devorarme, y sin embargo no sentí calor. No me sentí en peligro. No me sentía.

En esa vasta y uniforme región de sonido y luz sentía que el amor me rodeaba. Me sentía conocido completa e íntimamente. Me sentía amado, abrazado y parte de todo lo que veía y oía. Y aun así sabía que no merecía nada de todo aquello, nada. Y algo similar a la tristeza me embargó y combinó mi esencia con las voces que cantaban, porque las voces cantaban acerca de mí.

Oí la voz de Malaquías elevándose alta, brillante e inmensa, diciendo que ahora debía pertenecerle, que debía ir con él. Me había escogido como compañero y debía hacer lo que me dijese. Qué intensa y brillante era su voz, elevándose cada vez más alto. Pero en su contra se manifestó una voz más pequeña, delicada, luminosa, que cantaba sobre mi vida en la Tierra y sobre lo que yo debía hacer; cantaba sobre aquellas personas que me necesitaban y me amaban; cantaba sobre cosas comunes y sueños normales, oponiéndolas a las grandes obras que Malaquías me exigía ejecutar.

Oh, que tal combinación de temas pudiese ser tan espléndida y que tal música me rodease y abrazase como si fuera algo palpable y afectuoso... Reposé contra el pecho de esa música y oí el triunfo de Malaquías al reclamarme, al declarar que ya era suyo. La otra voz se desvanecía, pero no se rendía. Esa otra voz jamás se rendiría: poseía una belleza propia y seguiría cantando eternamente de la misma forma que cantaba en ese momento.

Se manifestaron otras voces; o quizá siempre habían estado presentes. Voces que cantaron a mi alrededor, cantaron sobre mí, rivalizando con otras voces angelicales, como si respondiesen desde el otro lado de una cámara infinita. Era una urdimbre de voces, angelicales y de otra naturaleza, y súbitamente supe que eran las voces de personas que rezaban, que rezaban por mí. Eran personas que habían rezado antes y rezarían después, incluso en el futuro lejano, que siempre rezarían. Y todas esas voces estaban relacionadas con aquello en lo que yo podría llegar a convertirme, con aquello que podría llegar a ser. Oh, qué alma pequeña y triste era yo, y qué espléndido era ese mundo ardiente en el que me hallaba, un mundo que quitaba todo significado a la misma palabra, ya que anulaba todos los límites y medidas.

Me llegó el bendito conocimiento de que toda alma viva era el objeto de aquella celebración, de aquel coro infinito e incesante, de que toda alma era tan amada como yo lo era, tan conocida como yo lo era.

Pero ¿cómo podría ser de otra forma? ¿Cómo podría ser yo, con todos mis fracasos, todas mis amargas derrotas, ser el único? Oh, no, el universo estaba repleto de almas entretejidas en aquella canción triunfante y gloriosa.

Y todas eran conocidas y amadas como yo era conocido y amado. Todas eran conocidas incluso a medida que sus oraciones por mí se convertían en parte de su glorioso despliegue en aquella urdimbre interminable y dorada.

—No me hagas irme. No me devuelvas. Pero si debes hacerlo, permíteme ser tu Voluntad, permíteme cumplir con todo mi corazón —recé, y oí cómo mis palabras se volvían tan fluidas como la música que me rodeaba y sostenía. Escuché mi voz concreta y clara—. Te amo. Te amo a Ti, que has creado todas las cosas y nos entregaste todas las cosas. Y por Ti haré cualquier cosa, haré lo que sea que quieras de mí. Malaquías, acéptame. Acéptame en Su nombre. ¡Permíteme ejecutar Su voluntad!

Ni una sola palabra se perdió en ese enorme útero de amor que me rodeaba, esa vasta noche tan luminosa como el día. Porque allí ni la noche ni el día tenían importancia, los dos se combinaban y todo era perfecto. Las oraciones elevándose cada vez más y superponiéndose, y los ángeles invocándome, formaban un único firmamento al que me rendí por completo, al que pertenecí por completo.

Algo cambió. Seguía oyendo la voz quejumbrosa del

ángel que rogaba por mí, recordándole a Malaquías todo lo que me quedaba por hacer. Y oí la gentil reprobación de Malaquías y su insistencia final, y escuché unas plegarias tan densas y maravillosas que parecía como si ya no fuese a necesitar un cuerpo para vivir, amar, pensar o sentir.

Pero algo cambió. La escena se modificó.

Vi la inmensa elevación de la Tierra debajo de mí y me deslicé hacia abajo sintiendo un lento pero doloroso estremecimiento. «Déjame permanecer aquí», deseaba rogar, pero no merecía quedarme. Aún no era mi hora de quedarme, y debía sentir esta inevitable separación. Pero lo que ahora se presentaba ante mí no era la Tierra de mis expectativas, sino vastos campos de trigo agitándose dorados bajo el cielo más luminoso que hubiese visto nunca. Allí donde mirara veía las flores silvestres, «los lirios del valle», testigo de su delicadeza y resistencia a medida que la brisa las agitaba. Así era la riqueza de la Tierra, la riqueza de sus árboles al viento, la de sus nubes arremolinadas.

—Amado Dios, nunca estar lejos de Ti, nunca contrariarte, nunca fallarte ni en la fe ni en el corazón —susurré—, por eso, todo esto que me has dado, todo esto que nos has dado a todos.

Y tras mi susurro, recibí un abrazo tan íntimo, tan absoluto, que lloré con toda mi alma.

Los campos se volvieron difusos y enormes, y un vacío dorado rodeó el mundo. En ese momento el amor me abrazaba y sostenía, como si me acunase. Las flores cambiaron y se convirtieron en masas de color casi indescriptibles. La presencia de aquellos colores desconocidos me conmovió profundamente y me dejó indefenso. «Amado Dios, que tanto nos amas.»

Las formas habían desaparecido. Sin esfuerzo, los colores se habían disociado de las formas y la misma luz se arremolinaba ahora como si fuese una suave bruma que todo lo absorbía.

Apareció un corredor y tuve la clara impresión de que lo había atravesado. Y entonces, descendiendo el largo corredor, se me acercó la alta y esbelta figura de Malaquías, vestido como siempre, una figura grácil, como la de un joven.

El dúctil pelo oscuro, el rostro ovalado. El sencillo traje oscuro de líneas estrechas.

Sus ojos afectuosos y su lenta y dulce sonrisa. Se acercaba a mí con los brazos extendidos.

—Amado —susurró—. Preciso de ti una vez más. Precisaré de ti incontables veces. Precisaré de ti hasta el final de los tiempos.

Entonces pareció que las otras voces elevaban sentidas protestas o alabanzas, no me quedó claro.

Deseaba tocarlo, rogarle que me permitiese quedar un poco más aquí, con él. «Llévame de vuelta a la región de las lámparas del Cielo.» Tenía ganas de llorar. De niño nunca había sabido llorar. Y ahora de adulto lo hacía repetidamente, despierto y en sueños.

Malaquías seguía acercándose sin pausa, como si la distancia que nos separaba fuese mucho mayor de lo que parecía.

—Sólo tienes un par de horas antes de que lleguen —dijo—, y querrás estar listo.

Estaba despierto.

El sol de la mañana penetraba en torrente por las ventanas.

De las calles llegaba el sonido del tráfico.

Estaba en la *suite* Amistad de la Posada de la Misión, recostado en un montón de almohadas, y Malaquías estaba sentado, sereno y tranquilo, en uno de los sillones situado cerca de la fría chimenea de piedra. Me repitió una vez más que Liona y mi hijo llegarían pronto.

2

Un coche los recogería en el aeropuerto de Los Ángeles y los traería directamente a la Posada de la Misión. Le había dicho a Liona que me reuniría con ella al pie del campanario, que tendría lista una *suite* para ella y mi hijo Toby, que me ocuparía de todo.

Pero seguía sin creer que Liona fuese a venir. ¿Por qué iba a hacerlo?

Diez años antes, en Nueva Orleans, yo había desaparecido de sus vidas, dejándola con diecisiete años y embarazada, y ahora yo había vuelto tras llamarla desde la costa Oeste. Cuando descubrí que no estaba casada, ni prometida, ni siquiera viviendo con alguien... pues casi me desmayé.

Por supuesto, no podía contarle que un ángel llamado Malaquías me había dicho que yo tenía un hijo. No podía contarle lo que había hecho antes y después de conocer a ese ángel, y tampoco podía asegurarle cuándo o cómo volvería a verla.

Tampoco podía explicarle que el ángel me concedía tiempo ahora para verla, antes de partir a otra misión en su nombre. Pero cuando ella aceptó volar hasta aquí para verme, y traer a mi hijo Toby, la verdad es que me quedé sumido en un estado de júbilo e incredulidad.

—Mira, dada la opinión que tiene mi padre de ti —me había dicho—, me resulta más fácil volar hasta allí. Y claro que llevaré a tu hijo para que te conozca. ¿Acaso crees que no quiere saber quién es su padre?

Aparentemente todavía vivía con su padre, el viejo doctor Carpenter, como yo le llamaba entonces, y no me sorprendió constatar que me había ganado su desprecio y desdén. Yo me había escabullido con su hija a la casita de invitados de la familia, y en todos esos años jamás se me había ocurrido que la consecuencia hubiese sido un hijo.

Lo importante era que venían.

Malaquías me acompañó fuera. Comprobé que la gente podía verlo, pero su aspecto era absolutamente normal, como siempre, un hombre de mi estatura, ataviado con un traje de tres piezas similar al mío. Sólo que el suyo era de seda gris. El mío era caqui. Su camisa tenía brillo, y la mía era una azul celeste normal, almidonada, planchada y rematada por una corbata azul marino.

A mí me parecía un ser humano perfecto, sus ojos vivaces reparando en las flores y las altas palmeras recortadas contra el cielo, como si lo estuviese saboreando todo. Incluso parecía sentir la brisa y disfrutarla enormemente.

—Llegas con una hora de adelanto —dijo.

—Lo sé. Pero es que no puedo quedarme quieto. Me sentiré mejor si espero aquí.

Asintió, como si aquello fuese de lo más razonable cuando en realidad era una majadería por mi parte.

—Va a preguntarme qué he estado haciendo todo este tiempo —dije—. ¿Qué le digo?

—Sólo dirás lo que más convenga a ella y su hijo. Ya lo sabes.

—Sí, lo sé —admití.

—Arriba, en tu ordenador, hay un documento largo que escribiste. «La hora del ángel.»

—Sí, lo redacté mientras esperaba tu regreso. Anoté todo lo sucedido en la primera misión.

—Muy bien. Fue una forma de meditación y cumplió con su función. Pero, Toby, nadie debe leer ese documento. No ahora, y quizá nunca.

Debería haberlo supuesto. Me sentí algo alicaído, pero lo comprendí. Con vergüenza, pensé en lo mucho que me había jactado al describir mi primera misión para los ángeles. Incluso me jacté ante el Hombre Justo, mi antiguo jefe, contándole que mi vida había cambiado, que lo estaba poniendo por escrito, que quizás algún día encontrase mi nombre en un libro expuesto en la mesa de una librería. Como si aquello pudiese importarle al hombre que me había enviado, con el alias de Lucky el Zorro, a matar repetidamente. Ah, así es el orgullo, pero, claro, en mi vida adulta nunca había hecho nada de lo que sentirme orgulloso. Y el Hombre Justo era la única persona con quien mantenía conversaciones regulares. Es decir, hasta conocer a Malaquías.

—Los hijos de los ángeles van y vienen como nosotros —dijo Malaquías—, vistos por unos pocos, invisibles e indetectables para otros.

Asentí.

—¿Eso soy ahora, un hijo de los ángeles?

—Sí —dijo sonriendo—. Eso eres. Recuérdalo.

Y desapareció.

Y me quedé allí esperando; todavía faltaban cincuenta minutos hasta la llegada de Liona.

Quizá diese un paseo o tomase un refresco en el bar. No sabía. Sólo sabía que me sentía feliz. De verdad.

Mientras me decidía, me volví y miré las puertas del vestíbulo. Allí había alguien, a un lado de las puertas. Un joven con los brazos cruzados, apoyado contra la pared, y me miraba fijamente. Era tan intenso como lo que le rodeaba, un hombre alto como Malaquías, sólo que de pelo rubio rojizo y grandes ojos azules. Llevaba un traje caqui idéntico al mío. Le di la espalda para evitar su mirada y luego comprendí que era muy improbable que alguien llevase un traje idéntico al mío y que me mirase de esa forma, con una expresión casi de furia. No, no de furia.

Me volví de nuevo. Seguía mirándome. Era preocupación, no furia.

«¡Eres mi ángel de la guarda, ¿verdad?!»

Asintió casi imperceptiblemente.

Me inundó una asombrosa sensación de bienestar. La ansiedad desapareció. «He oído tu voz. La oí con la de los otros ángeles.» Me sentí fascinado y extrañamente confortado, y todo en una fracción de segundo.

Por las puertas del vestíbulo salió una pequeña multitud de huéspedes, pasando por delante del joven, ocultándolo, y cuando giraron a la izquierda para seguir otro sendero advertí que mi ángel había desaparecido.

El corazón me palpitaba. ¿Lo que había visto era real? ¿De verdad él me había estado observando? ¿Me había dirigido un gesto de asentimiento?

Mi imagen de lo sucedido se desvanecía con rapidez. Sí, allí había habido alguien, pero ya no podía comprobar lo sucedido, analizarlo.

Me lo saqué de la cabeza. Si era mi ángel de la guarda, ¿qué podría estar haciendo excepto protegerme? Y si no lo era, ¿qué más daba? Mi recuerdo de lo acontecido seguía desvaneciéndose. En cualquier caso, más tarde se lo comentaría a Malaquías. Éste sabría quién era. Malaquías estaba conmigo. «Oh, somos criaturas de tan poca fe.»

De pronto experimenté una sensación de satisfacción. «Eres un hijo de los ángeles —me dije—, y los ángeles te traen a Liona y a su hijo, tu hijo.»

Di un largo paseo alrededor de la Posada de la Misión; era un perfecto día fresco de California. Pasé por mis fuentes, capillas, patios, curiosidades y demás elementos favoritos, hasta que fue la hora de la llegada.

Retorné por el sendero y me aposté delante de las puertas del vestíbulo. Esperé a dos personas susceptibles de iniciar el recorrido por el sendero y detenerse al pie del campanario de arcos bajos con sus muchas campanas.

No llevaba allí más de cinco minutos, paseándome, mirando, comprobando la hora, saliendo y entrando ocasionalmente del vestíbulo, cuando de pronto advertí que en medio del tránsito de peatones por el sendero había dos personas justo debajo del campanario, como les había pedido que hiciesen.

Pensé que se me pararía el corazón.

Esperaba que Liona siguiese guapa, tal como lo era de joven, pero entonces no había sido más que una sombra de lo que vi: una flor de belleza radiante. Me quedé extasiado mirándola fijamente, saciándome de la mujer en que se había convertido.

Sólo tenía veintisiete años. Yo contaba veintiocho y sabía que a esa edad nadie puede considerarse mayor, pero aun así ella despedía un aire de mujer hecha y derecha, vestida de la forma más favorecedora y perfecta.

Una chaqueta roja ajustada a la cintura cubría sus estrechas caderas, y la falda corta acampanada apenas le cubría las rodillas. La blusa rosa abierta dejaba ver un sencillo collar de perlas. En el bolsillo del pecho sobresalía un elegante pañuelo rosa, y su bolso de mano era de piel rosa, así como los gráciles zapatos de tacón de aguja.

Qué hermosa se veía.

Llevaba el pelo largo y negro suelto sobre los hombros, sólo un poco recogido para despejar la frente y fijado quizá con un pasador, como solía hacer de joven.

Tuve la sensación de que recordaría esta escena para siempre. No importaba lo que pasara después. Simplemente, jamás olvidaría su aspecto de ese día, tan espléndida vestida de rojo, con su cabello negro y juvenil.

De hecho, me vino a la cabeza una secuencia de *Ciu-*

dadano Kane, una película que gusta a mucha gente. Un anciano llamado Berstein lo cuenta mientras reflexiona sobre la memoria y cómo nos puede impactar algo que vemos sólo unos segundos. En su caso, descubrió a una joven que entrevió cuando pasaba un ferry. «Llevaba un vestido blanco —dice—, y un parasol blanco. Sólo la vi un segundo y ella no me vio, pero apostaría a que desde entonces no ha pasado un mes en el que no piense en esa muchacha.»

Pues yo sabía que siempre recordaría a Liona de esa misma forma y con el aspecto que tenía ahora. Miraba alrededor, con gestos que manifestaban la seguridad en sí misma y el autocontrol que le recordaba, y simultáneamente el coraje natural que desprendían sus palabras y gestos más simples.

No podía creer lo encantadora que estaba. No podía creer lo simple e inevitablemente encantadora que se había vuelto.

Pero justo a su lado estaba el niño de diez años que era mi hijo, y al verlo vi a mi hermano Jacob, malogrado a esa edad, y la garganta se me contrajo y las lágrimas me afloraron. «Ése es mi hijo —me dije—. Y no voy a conocerle llorando.» Pero justo cuando sacaba el pañuelo, ella me vio, sonrió y, tras coger al niño de la mano, lo trajo hasta mí por el sendero.

—Toby, te habría reconocido en cualquier parte —dijo con tono amigable—. Estás igual.

Su sonrisa era tan luminosa y generosa que no pude responder. Me quedé sin palabras. No podía decirle lo importante que era para mí verla, y cuando bajé la vista hacia el niño que alzaba la suya para mirarme, la imagen de pelo negro y ojos oscuros de mi desaparecido hermano Jacob, ese niño perfecto de hombros rectos y postura seria, ese niño seguro de sí mismo y de aspecto inteligente que cualquier hombre querría como hijo, ese niño espléndido, pues entonces me eché a llorar.

—Si no paras lograrás que yo también llore —dijo ella, y me cogió del brazo.

En su comportamiento no había vacilación ni reticencia, y al pensarlo comprendí que nunca lo había habido. Era fuerte y confiada, y poseía una voz profunda y suave que destacaba su naturaleza generosa.

«Generosa», ésa fue la palabra que me vino a la mente al mirarla a los ojos, mientras me sonreía. Era generosa. Era generosa y afectuosa, y había hecho ese largo viaje porque yo se lo había pedido. Así que, casi involuntariamente, le dije:

—Has venido... Todo ese viaje para venir aquí. Hasta el último momento creí que te arrepentirías.

El niño se sacó algo del bolsillo de la chaqueta y me lo entregó.

Me incliné para mirarle mejor y cogí lo que me ofrecía. Era una pequeña fotografía mía. La habían recortado del anuario de mi instituto y laminado.

—Gracias, Toby.

—Oh, siempre la llevo encima —repuso él, sonriente—. Para decirle a la gente: «Éste es mi padre.»

Le besé la frente. Y a continuación Toby me sorprendió rodeándome con los brazos, casi como si él fuese el hombre y yo el niño. Y así me retuvo. Le volví a besar la mejilla suavemente. Me dedicó una mirada prístina y natural.

—Siempre supe que vendrías —dijo—. Me refiero a que aparecerías en algún momento. Sabía que así sería —añadió con la misma sencillez con que había dicho lo anterior.

Me incorporé, tragué saliva y los miré de nuevo. Los rodeé con mis brazos y los acerqué a mí estrechamente, consciente de su presencia, de la inmaculada dulzura de ella, una dulzura femenina tan extraña para mí como la vida que había vivido, y también de la embriagadora fragancia floral que rezumaba su sedoso pelo oscuro.

—Vamos, la habitación está lista —balbucí como si fuesen palabras de gran importancia—. Ya os he registrado. Subamos.

Entonces me percaté de que el botones había estado allí todo el rato, esperando con el carrito del equipaje. Le entregué un billete de veinte dólares y le dije que subiera todo a la *suite* del Posadero.

Luego me limité a mirarla de nuevo, y recordé el consejo de Malaquías: «Lo que le digas, se lo dices por su bien. No por el tuyo.» Algo me golpeó con fuerza: su seriedad, una seriedad que era la otra cara de su confianza en sí misma. La seriedad había sido la razón para que hubiese venido hasta aquí sin vacilar, para que el hijo conociese a su padre. Y esa seriedad me recordó a alguien a quien había conocido y amado durante mis aventuras con Malaquías, y comprendí en ese momento que, cuando había estado con esa persona, una mujer de una era muy antigua, había recordado en ese momento a esta mujer hermosa, viva, que ahora estaba junto a mí en mi propia época.

«Ésta es una persona para amar, una persona para amar con todo tu corazón de la misma forma que entonces amaste a otras, cuando estabas con los ángeles, cuando estabas con personas a las que jamás podrías dejar entrar en tu corazón. Has vivido diez años separado de todo ser vivo, pero esta persona es tan real como reales eran las personas de Malaquías, una persona a la que puedes amar total y sinceramente. No importa si logras o no que ella te ame. Puedes amarla. Igual que puedes dar tu amor a este niño.»

Apretujados en el ascensor, Toby me mostró otra foto mía del anuario. Hacía mucho tiempo que las llevaba encima.

—Así que siempre supiste mi nombre —le dije tontamente, sin saber realmente qué decir, y él respondió que sí, que les decía a todos que su padre era Toby O'Dare—. Me alegra. Me alegra que lo hicieses. No puedo expresar lo orgulloso que me siento de ti —le aseguré.

—¿Por qué? —preguntó—. Ni siquiera sabes cómo soy en realidad. —Era tan menudo que su voz tenía un tono demasiado infantil, pero pronunció esas palabras con un deje de inteligencia—. Por lo que sabes, yo bien podría ser un mal estudiante.

—Ah, pero tu madre era una alumna excelente.

—Sí, y lo sigue siendo. Asiste a clases en Loyola. No

es feliz enseñando en la escuela elemental. Saca sobresalientes.

—Y tú también, ¿no es así? —pregunté.

Asintió.

—Me saltaría un curso si me dejasen. Pero dicen que no conviene a mi proceso de socialización, y mi abuelo está de acuerdo.

Habíamos llegado al último piso y los guie por los balcones y luego por la larga galería de baldosas rojas. Tenían las *suites* al final de la galería, que estaban cerca de la mía.

De la Posada de la Misión, la *suite* del Posadero es la única realmente moderna y lujosa, de estilo cinco estrellas. Sólo está disponible en ausencia de los dueños del hotel, así que me había asegurado de poder reservarla.

Quedaron debidamente impresionados con las tres chimeneas, la enorme bañera de mármol, la agradable galería abierta, y todavía más cuando descubrieron que había reservado la habitación contigua para Toby, pues supuse que con diez años querría tener habitación y cama propias.

Luego los llevé a la *suite* Amistad, mi favorita, para mostrarles la hermosa bóveda pintada, la cama espléndida y la antigua chimenea que no funcionaba. Comentaron que era «muy Nueva Orleans», pero creo que les encantaron los detalles lujosos de que disponía, por lo que todo iba tal como yo había previsto.

Nos sentamos en la mesa de hierro y vidrio y pedí vino para Liona y Coca-Cola para Toby, porque adujo que de vez en cuando, por poco saludable que fuese, se bebía una.

Sacó su iPhone y me mostró todo lo que podía hacer. Lo tenía lleno de fotos mías y ahora, si yo no tenía objeción, iba a tomar muchas más.

—Adelante —dije.

Al punto se convirtió en un fotógrafo profesional, retrocediendo, sosteniendo el teléfono de la misma forma que los pintores de antaño podrían haber colocado el pulgar, y nos fotografió desde distintos ángulos moviéndose alrededor de la mesa.

Mientras Toby sacaba fotos y más fotos, se me ocurrió una idea estremecedora. Yo había asesinado en la *suite* Amistad. Había matado en la Posada de la Misión, y sin embargo los había traído aquí como si nada de eso hubiese sucedido.

Claro está, Malaquías había venido a mí en este lugar, un serafín que me había preguntado por qué en el nombre de Dios no me arrepentía de la vida miserable que había vivido. Y yo me había arrepentido y toda mi existencia había cambiado para siempre.

Me había sacado del siglo XXI y me había enviado al pasado para evitar un desastre en una comunidad en peligro de la Inglaterra medieval. Y al terminar esa primera misión para mi jefe angelical, había despertado allí, en la Posada de la Misión, donde escribí todo el relato de mi primer viaje por el tiempo de los ángeles. El manuscrito estaba en la habitación, sobre el escritorio donde había matado a mi última víctima clavándole una aguja en el cuello. Y fue allí donde había llamado a mi antiguo jefe, el Hombre Justo, para comunicarle que no volvería a matar para él.

Daba igual, el hecho es que allí había cometido un crimen. Un asesinato frío y calculado, uno de esos que habían hecho macabramente famoso a Lucky el Zorro. Me estremecí para mis adentros y rogué que ninguna sombra de ese mal llegase a rozar a Liona y a Toby, que ninguna consecuencia de esa maldad pudiese dañarles.

Antes de ese asesinato, ese lugar había sido mi solaz, el único sitio donde me sentía tranquilo, y por esa razón había traído a Liona y a mi hijo aquí, a esta misma mesa donde Malaquías y yo habíamos hablado. Resultaba natural que ellos estuviesen aquí, resultaba natural que yo experimentase esta nueva alegría de tenerles a los dos en este lugar donde mis tenebrosas y sarcásticas plegarias suplicando la redención habían sido atendidas.

Vale, mi plan tenía sentido, pues ¿qué lugar más seguro había para Lucky el Zorro que la escena de su crimen más reciente? ¿Quién supondría que un asesino a sueldo volvería al escenario de sus fechorías? Nadie. De eso estaba seguro. Después de todo, habiendo sido asesino a sueldo durante diez años, jamás había regresado a la escena de un crimen... hasta ahora.

Pero debía admitir que había traído a estos dos queridos inocentes a un lugar de asombrosa importancia.

Merecía tan poco a mi amor de antaño, y a mi hijo recién descubierto... sí, los merecía muy poco. Y ellos no eran siquiera conscientes.

«Y será mejor que te asegures de que no lo sepan jamás, porque si descubren quién eras y lo que hacías, si alguna vez ven la sangre en tus manos, les habrás causado el daño más irreparable, y lo sabes.»

Creí oír una vocecilla, no muy lejos, que decía claramente:

—Así es. Ni una palabra que pueda causarles daño.

Alcé la vista y vi a un joven que pasaba por delante de la *suite* Amistad y salía de mi campo visual. Era el mismo joven que había visto junto a las puertas del vestíbulo, con el traje idéntico al mío, de pelo rubio rojizo y ojos amigables.

«¡No les haré daño!»

—¿Has dicho algo? —preguntó Liona.

—No, lo siento —susurré—. Creo que hablaba conmigo mismo.

Miré fijamente la puerta de la *suite*. Quería sacarme de la cabeza ese último asesinato. La aguja en el cuello, el banquero muriendo como víctima de una apoplejía, una ejecución realizada con tanta precisión que nadie había sospechado nada raro.

«Eres un hombre de sangre inhumanamente fría, Toby O'Dare —me dije—, si pretendes iniciar una nueva vida en el mismo lugar donde tan despreocupadamente cometiste asesinato.»

—Me he perdido —dijo Liona, sonriendo.

—Perdón —dije—. Demasiadas ideas, demasiados recuerdos. —La miré como si la viese por primera vez. Su rostro era tan juvenil, tan confiado...

Nos interrumpieron antes de que ella pudiese responder.

El guía solicitado por mí había llegado. Le confié a Toby para que lo llevase de visita a las «catacumbas» y las demás maravillas que ofrecía el gran hotel. El niño quedó encantado.

—Almorzaremos cuando vuelvas —le aseguré. Para ellos sería una cena temprana, puesto que ya habían almorzado en el avión.

Y ahora llegaba el momento que más había temido y que más esperaba, porque Liona y yo nos habíamos quedado solos. Se había quitado la chaqueta roja y se la veía adecuadamente bien proporcionada con la blusa rosa. Sentí un deseo inmenso e insoportable de estar a solas con ella, sin que nada ni nadie interfiriera, y eso incluía a los ángeles.

En ese momento sentía celos del hijo que pronto volvería. Y era tan consciente de la mirada de los ángeles que creo que enrojecí.

—¿Cómo puedes perdonarme tras haber desaparecido de esa forma? —pregunté de pronto.

No había turistas pasando por la galería. Estábamos solos, sentados en la mesa de vidrio como yo lo había estado tantas veces en el pasado, entre arbolillos frutales en macetas, geranios y lavanda, pero ella era la flor más hermosa de todas.

—Nadie te culpó por haberte ido —dijo—. Todos sabían lo sucedido.

—¿Sí? ¿Cómo?

—Cuando no te presentaste a la graduación, supusieron que habías estado fuera tocando a cambio de propinas. Y resultó muy fácil comprobar que habías tocado toda la noche. Por la mañana volviste a casa y te los encontraste. Y luego... bueno, simplemente te fuiste.

—Simplemente —dije—. Ni siquiera me ocupé del funeral.

—Tu tío Patrick se encargó de todo. Es posible que el departamento de bomberos lo pagase, o no, tu padre era policía. Es decir, creo que pagaron. No estoy segura. Asistí al funeral. Y todos tus primos estaban allí. La gente pensaba que a lo mejor aparecerías, pero todos comprendieron que no fueses.

—Cogí un vuelo a Nueva York —expliqué—. Me llevé el laúd y el dinero que tenía y algunos libros. Me subí al avión y no miré atrás.

—No te lo reprocho.

—¿Qué hay de ti, Liona? Nunca te llamé para saber cómo estabas. Ni para decirte adónde había ido y qué hacía.

—Toby, ya sabes que cuando una mujer pierde la cabeza de esa forma, como le pasó a tu madre, cuando mata a sus propios hijos... es decir, cuando una mujer hace algo así, también puede matar a un chico de tu edad. En el apartamento encontraron una pistola. Podría haberte disparado, Toby. Estaba loca. No pensé en mí, Toby. Pensé en ti.

Guardé silencio. Luego dije:

—Ya no me importa nada de eso, Liona. Sólo me importa que me perdones por no haberte llamado. Le enviaré algo de dinero a mi tío Patrick. Pagaré el funeral. Eso no es problema. Pero lo que me importa eres tú. Toby y tú. Y, claro, los hombres de tu vida y lo que eso pueda significar.

—No hay hombres en mi vida, Toby. Al menos no hasta que has vuelto. Y no creas que espero que te cases conmigo. He traído al niño por su bien y por el tuyo.

«Casarme con Liona, la madre de mi hijo. Si creyese que es una posibilidad, me hincaría de rodillas ahora mismo, en esta misma galería, y me declararía.»

Pero no lo hice. Miraba al infinito y pensaba en los diez años que había malgastado trabajando para el Hombre Justo. Pensaba en las vidas que había segado por encargo de «la agencia» o «los buenos», o quien fuese a quien le había vendido, alegre y exuberantemente, mi alma de dieciocho años.

—Toby, no hace falta que me cuentes qué has hecho —dijo Liona—. No necesito que me expliques tu vida. No hay ningún hombre en mi vida porque no quiero que mi hijo tenga un padrastro, y estaba totalmente decidida a que no tuviese un padrastro nuevo cada mes.

Asentí, más agradecido de lo que era capaz de expresar.

—Tampoco ha habido ninguna mujer en mi vida, Liona —dije—. Oh, ocasionalmente sí, supongo que para demostrar que era un hombre, he tenido... contactos. Sí, ésa es la palabra: contactos. Intercambio de dinero. Nunca hubo... intimidad. Ni de lejos.

—Siempre has sido un caballero, Toby. Ya lo eras de muchacho. Siempre usas los términos adecuados.

—Bueno, no sucedió muy a menudo, Liona. Y las palabras inapropiadas pintarían esas ocasiones de un color exuberante que nunca tuvieron.

Rio.

—Nadie habla como tú, Toby —dijo—. Nunca he conocido a nadie como tú. Nadie que ni remotamente me hiciese pensar en ti. Te he echado de menos.

Sé que enrojecí. Era dolorosamente consciente de Malaquías y mi ángel de la guarda, fuesen visibles o no.

¿Y qué había del ángel de Liona? Durante una fracción de segundo imaginé que había un ser alado detrás de ella. Por suerte, no se materializó ninguna criatura de esa naturaleza.

—Todavía tienes aquel aspecto de inocencia —dijo—. Conservas esa mirada... como si todo lo que vieses fuese un milagro.

¿Yo? ¿Lucky el Zorro, el asesino a sueldo?

«Jamás lo sabrás», me dije. Recordé que la noche que nos conocimos, el Hombre Justo me dijo que yo tenía los ojos más fríos que hubiese visto nunca.

—Te veo más grande —añadió, como si acabase de darse cuenta—. Estás más musculoso, pero supongo que es normal. En aquella época eras muy delgado. Pero la cabeza tiene la misma forma, y el pelo se ve tan espeso como siempre. Juraría que eres más rubio; quizás el sol de California. Y en ocasiones tus ojos casi parecen azules. —Apartó la vista y musitó—: Sigues siendo mi chico dorado.

Sonreí. Así solía llamarme, su chico dorado. Lo decía susurrando.

Murmuré algo sobre que no sabía encajar los halagos de una mujer hermosa y cambié de tema:

—Háblame de tus estudios.

—Literatura inglesa. Quiero enseñar en la universidad. Dar clases sobre Chaucer o Shakespeare, todavía no me he decidido por uno. Me lo he pasado muy bien enseñando en la escuela, más de lo que Toby está dispuesto a admitir. Se siente superior a los niños de su edad. Es como tú. Se cree muy mayor y les habla más a los mayores que a los niños. Es parte de su naturaleza, como en tu caso.

Nos reímos porque era cierto. Era la forma más hermosa de risa suave, cuando ríes ante una respuesta o una acotación, y los sureños lo hacen con facilidad y continuamente.

—¿Recuerdas que cuando éramos niños los dos queríamos ser profesores de universidad? —preguntó—. Solías decir que si lograbas dar clase en la universidad y tener una bonita casa en Palmer Avenue serías el hombre más feliz del mundo. Toby asiste a Newman, por cierto, y si se lo preguntas te dirá que es la mejor escuela de la ciudad.

—Siempre lo fue. Los jesuitas le van a la zaga, en segundo lugar, en lo que se refiere a institutos.

—Algunas personas te discutirían cuál es el primero. Pero lo importante es que Toby es judío y por tanto va a Newman. He tenido una vida feliz, Toby. No me dejaste una carga, me dejaste un tesoro. Así lo he considerado siempre, así lo considero ahora. —Cruzó los brazos y se inclinó sobre la mesa. Empleaba un tono serio pero práctico—. Al subir al avión pensé: «Voy a mostrarle el tesoro que me dejó. Y lo que ese tesoro puede significar para él.»

No dije nada. No podía. Y ella lo supo. Lo supo por mis lágrimas. Era incapaz de expresar con palabras todo mi amor y felicidad.

«Malaquías, ¿puedo casarme con ella? ¿Disfruto de esa libertad? Y qué hay de ese otro ángel, ¿está cerca de mí? ¿Quiere él que lleve las manos al otro lado de la mesa y la abrace?»

3

Esa tarde fuimos a la misión de San Juan de Capistrano.

En la costa Oeste había muchos lugares maravillosos que a un niño de la edad de Toby le encantaría ver. Disneylandia, por ejemplo, y el parque de los estudios Universal, y otros lugares cuyos nombres desconocía.

Pero si quería llevarle a un lugar, ése era la misión. Él se mostró encantado con la idea, y aunque tuve que darle gorras a los dos, a ambos les gustó mucho el Bentley descapotable.

Al llegar a la misión, los guie en un bonito paseo por los preciosos jardines, hasta el estanque de carpas, que a Toby le fascinó. Vimos algunas de las exposiciones que describen cómo se hacían las cosas en la época, pero a Toby le interesó sobre todo la historia del gran terremoto que destruyó la iglesia.

Se lo estaba pasando en grande con la cámara de su

iPhone, y nos sacó docenas de fotos en todos los lugares imaginables.

En algún momento, cuando recorríamos la tienda de regalos, entre rosarios y bisutería india, le pregunté a Liona si podía ir con Toby a la capilla para rezar.

—Sé que es judío, pero... —añadí.

—No hay problema. Llévalo y cuéntaselo como quieras.

Entramos de puntillas porque el recinto estaba en penumbra y tranquilo, y las pocas personas que rezaban en los bancos de madera parecían tomárselo muy en serio; los cirios emitían una luminosidad reverente.

Lo llevé hasta la parte frontal y nos arrodillamos en un par de reclinatorios destinados a las bodas, para el novio y la novia.

Fui consciente de lo mucho que me había sucedido con Malaquías desde que había venido a esta capilla, y cuando miré al tabernáculo, la pequeña casa de Dios en el altar, y la luz del santuario a su lado, me sentí lleno de gratitud por el simple hecho de estar vivo, y encima tener la oportunidad de vivir una existencia como la que se me había concedido. Y además tener el regalo de Toby, mi hijo.

Me incliné hacia él. Estaba de rodillas, con los brazos cruzados igual que yo, y no parecía importarle que aquél fuese un templo católico de oración.

—Voy a decirte algo, algo que quiero que recuerdes siempre —le dije. Asintió—. Creo que Dios está presente en este lugar —empecé—. Pero sé que también está en todas partes. En todas las moléculas de todo lo que existe. Todo es parte de Él, Su creación, y creo en Él, en todo lo que Él ha hecho.

Me prestó atención sin mirarme. Tenía la vista gacha. Al dejar yo de hablar se limitó a asentir.

—No espero que creas en Él simplemente porque yo creo —proseguí—. Pero quiero que sepas que creo en Él, y si no creyese que Él me había perdonado por abandonaros a ti y a tu madre, bueno, me parece que no hubiese tenido el valor de coger el teléfono para comunicarle dónde me encontraba. Pero creo que Él me ha perdonado, y ahora mi tarea consiste en lograr que tú me perdones, y que ella me perdone, y eso es justo lo que pretendo.

—Te perdono —susurró—. De verdad, en serio.

Sonreía. Le besé la coronilla.

—Sé que es así. Lo supe cuando te vi por primera vez. Pero el perdón no es instantáneo, y en ocasiones requiere de mantenimiento, y estoy dispuesto a aceptar el mantenimiento que sea preciso. Pero... no es esto todo lo que quiero decirte. Tengo que contarte algo más.

—Te escucho —dijo.

—Recuerda estas palabras —empecé, pero vacilé. No sabía bien cómo decírselo—. Habla con Dios —dije por fin—. No importa cómo te sientas, no importa a lo que te enfrentes, no importa lo que te haga daño, lo que te desengañe o lo que te confunda. Habla con Dios. Y nunca dejes de hablar con Él. ¿Me comprendes? Habla con Él. Comprende que el hecho de que las cosas del mundo vayan mal, de que vayan bien, de que resulten fáciles o difíciles, no implica que Él no esté. No me refiero a aquí, en esta capilla. Me refiero a todas partes. Habla con Él. No importa los años que pasen, no importa lo que suceda, habla siempre con Él. ¿Intentarás hacerlo?

Asintió.

—¿Cuándo empiezo?

Reí en voz muy baja.

—Cuando quieras. Puedes empezar ahora con o sin palabras, y puedes seguir hablando y no dejar nunca que nada te impida hablar con Dios.

Reflexionó con mucha seriedad y luego asintió.

—Voy a hablar ahora con Él —dijo—. Es posible que quieras esperar fuera.

Eso me asombró. Me levanté, le besé la frente y le dije que saliese cuando le pareciera oportuno.

Salió quince minutos después y recorrimos juntos los senderos de los jardines. Volvía a sacar fotos y no habló demasiado. Pero caminaba cerca de mí, a mi lado, como si estuviese conmigo, y cuando vi a Liona sentada en un banco, sonriéndonos mientras caminábamos juntos, sentí una felicidad que no podía contener en palabras. Y sabía que nunca lo haría.

Toby y yo regresamos al gigantesco cascarón de la iglesia destrozada, la parte de mayor tamaño que había dejado el terremoto.

Por primera vez vi a Malaquías a un lado, apoyado despreocupadamente, con sus bonitas ropas, contra un muro de ladrillo cubierto de polvo.

—Ahí está otra vez —dijo Toby.

—¿Quieres decir que le has visto antes? —pregunté.

—Sí, nos ha estado observando. Estaba en la capilla cuando entramos. Le vi al salir.

—Bien, podría decirse que trabajo para él —dije—. Y me está vigilando un poco.

—Parece joven para ser jefe de alguien.

—No te dejes engañar. Espera un momento. Creo que desea decirme algo y no quiere interrumpirnos.

Atravesé el irregular terreno hasta llegar junto a Malaquías y me acerqué para que ningún turista oyese mis palabras.

—La amo —dije—. ¿Es posible? ¿Es posible que la ame? A él le quiero, sí, es mi hijo, y eso es lo que debo hacer, y doy las gracias al Cielo por tenerle, pero ¿qué hay de ella? ¿Hay mundo y tiempo suficientes para amarla?

—Mundo y tiempo suficientes —repitió sonriendo—. Oh, palabras muy hermosas, y me hacen ser consciente de lo que te pido. Mundo y tiempo suficientes es lo que debes darme —dijo.

—Pero ¿qué hay de ella? —insistí.

—Sólo tú conoces la respuesta, Toby. O quizá debería decir que los dos la conocéis. Creo que ella también lo sabe.

Estaba a punto de preguntar por el otro ángel, pero me dejó.

No tenía ni idea de qué aspecto presentaba a los demás.

Me encontré a mi hijo ocupado con su cámara en el estanque de las carpas, decidido a pillar un pez que no quería dejarse pillar.

La tarde pasó rápido.

Fuimos de compras a San Juan Capistrano y luego recorrimos la costa en coche. Ninguno de los dos había visto el Pacífico. Dimos con un mirador que quitaba el aliento y Toby quiso hacer todas las fotos posibles.

Cenamos en el oscuro y atmosférico Duane's Steak House, en la Posada de la Misión, y madre e hijo quedaron adecuadamente impresionados. Cuando no miraba nadie, Liona le dio a Toby un sorbo de vino tinto.

Hablamos de cómo estaba Nueva Orleans en esa época, tras los horrores del huracán *Katrina* y lo complicado que había sido todo. Me quedó claro que para Toby había resultado una gran aventura, aunque su abuelo lo obligó a hacer los deberes en los moteles en los que tuvieron que hospedarse durante lo peor del período posterior, y que para Liona había desaparecido una parte del viejo Nueva Orleans.

—¿Crees que podrías ir a vivir allí? —me preguntó Toby.

—No lo sé. Ahora soy una criatura de la costa, me parece, y hay distintas razones para que la gente viva en lugares diferentes.

—Yo podría vivir bien aquí —se apresuró a replicar, con cierta decepción.

El rostro de Liona emitió un súbito destello de dolor. Apartó la vista un momento para luego mirarme. Yo apenas podía ocultar mis sentimientos. Impulsos, esperanzas, un repentino flujo volcánico de sueños arrasaron mis pensamientos. Tenía cierto aire trágico. Un pesimismo sombrío se apoderó de mí. «No tengo derecho a ella, no tengo derecho a todo esto», me dije.

En la penumbra del restaurante se distinguía poco, pero luego me di cuenta de que había estado mirando a dos hombres en la mesa más cercana: Malaquías y mi ángel de la guarda. Estaban sentados inmóviles, como retratos, mirándome como suelen hacerlo las figuras de los cuadros, con el rabillo del ojo.

Tragué saliva. Sentí un deseo creciente. No quería que lo supiesen.

Me demoré en la entrada de la *suite* de Liona. Toby había corrido orgulloso a su propio cuarto, donde quería darse su propia ducha.

Aquellos dos estaban en algún lugar de la galería. Lo sabía. Les había visto al recorrer el camino. Ella no lo sabía. Quizá no le fuesen visibles.

Permanecí en silencio, sin atreverme a acercarme, tocarle los brazos o darle un casto beso. El deseo me hacía agonizar.

«¿Es posible que vosotros dos comprendáis que cuando tomo a esta dama entre mis brazos ella espera algo más que un abrazo fraterno? Maldición, es lo que debe hacer un caballero, ¡aunque sólo sea para ofrecerle la oportunidad de decir que no!»

Silencio.

«¿No podríais ir a cuidar de otro durante un rato?»

Oí una risa clara. No era maliciosa ni burlona, pero era una risa.

La besé con rapidez, en la mejilla, y fui a mi habitación. Sabía que ella se sentía decepcionada. Yo también. Demonios, me sentía furioso. Me volví y me apoyé en la puerta de la *suite* Amistad. Por supuesto que estaban sentados a la mesa redonda. Malaquías mostraba la misma expresión serena y afectuosa de siempre, pero mi ángel de la guarda parecía ansioso, si ésa es la palabra adecuada, y me miraba como si me tuviese cierto miedo.

A mis labios llegó un torrente de palabras furiosas, pero aquellos dos desaparecieron tan rápido como habían aparecido.

Alrededor de las once de la noche salí de la cama y fui a la galería. No había dormido nada.

Hacía algo de frío húmedo, como sucedía a menudo en las noches de California, incluso en un día más o menos bueno. Deliberadamente dejé que el aire me enfriase por completo. Consideré llamar a la puerta de Liona. Recé. Me preocupé. Observé. Si alguna vez había querido algo tanto como la quería a ella ahora, no lograba recordarlo. Sencillamente la deseaba. En este mundo nada me parecía más real que su cuerpo, en esa *suite*, tendida en la cama.

De pronto me sentí avergonzado. Ya cuando le telefoneé me la había imaginado en mis brazos, y lo sabía. A quién pretendía engañar con todo esto, con lo de que ella esperaba algo de mí, de que yo debía comportarme como un caballero, y las alturas del amor ideal e impoluto... Quería besarla y poseerla. ¿Y por qué no? ¿Era justo sufrir esta tortura? Demonios, la amaba. Mi corazón no dudaba de ese amor. La amaría hasta el día de mi muerte. No me importaba lo que eso significara, estaba preparado para todo.

Estaba a punto de volver a entrar cuando vi a Malaquías cerca.

—¿Qué pasa? —exigí con rabia.

Aquello lo tomó por sorpresa, pero se recobró de inmediato. En su rostro me pareció apreciar un destello de decepción. Pero al hablar no dejó de sonreír. Su voz era siempre una caricia, rebosante de una ternura delicada que hacía que sus palabras causasen mayor impacto.

—Otros seres humanos darían casi cualquier cosa por ver las pruebas de la Providencia que tú has presenciado —dijo—. Pero sigues siendo demasiado humano.

—¿Qué sabes tú de eso? —pregunté—. ¿Y qué te hace pensar que no lo comprendo?

—No pretendes decir lo que dices —repuso tranquilizador. Sonaba muy convincente.

—Es posible que hayas estado observando a la humanidad desde el amanecer de los tiempos, pero eso no implica que comprendas lo que es ser una persona.

No me respondió. Su expresión afectuosa y paciente me enfureció.

—¿Pensáis estar conmigo para siempre, hasta el día de mi muerte? —le espeté—. ¿No volveré a estar a solas con una mujer sin que los dos estéis presentes, mi ángel de la guarda y tú? Por cierto, ¿cómo se llama? ¿Estaréis siempre flotando sobre mi cabeza? —Me volví y lo apunté con el dedo, como si fuese el cañón de una pistola—. Soy un hombre —dije—. ¡Humano, un hombre! No soy un monje ni un sacerdote.

—Ciertamente vivías como tal cuando eras un asesino.

—¿Qué quieres decir?

—Un año sí y el otro también te negabas la calidez y el amor de una mujer. No creías merecerlos. No soportabas estar en presencia de la inocencia de una mujer, o la calidez de una mujer que pudiese aceptarte. ¿Los mereces ahora? ¿Estás listo?

—No lo sé —murmuré.

—¿Quieres que me vaya?

Me puse a sudar y el corazón me martilleaba.

—El simple deseo me hace comportarme como un tonto —susurré, casi con tono de ruego—. No, no quiero que te vayas —murmuré—. No quiero. —Sacudí la cabeza, derrotado.

—Toby, los ángeles siempre han estado contigo. Siempre han visto todo lo que has hecho. Para el Cielo no hay secretos. La única diferencia es que ahora tú nos puedes ver. Y para ti tal visión debería ser una fuente de fortaleza. Lo sabes. Tu ángel de la guarda se llama Shmarya.

—Mira, deseo sentirme lleno de asombro, de gratitud, de humildad, ¡grandes sentimientos! Demonios, ¡quiero ser un santo! —balbucí—. Pero no puedo. No puedo... ¿Cómo dices que se llama?

—¿No puedes qué? ¿Vivir con compostura? ¿No puedes negarte la gratificación inmediata de tus pasiones con una mujer con la que has estado menos de veinticuatro horas? ¿No puedes evitar pisotear la vulnerabilidad de Liona? ¿No puedes ser el hombre honorable que tu hijo espera de ti?

Sus palabras no me habrían hecho más daño si las hubiese pronunciado con furia. Su voz dulce y persuasiva resultó fatal para todas las mentiras que me había estado contando a mí mismo.

—Crees que no te comprendo —añadió con calma—. Te diré lo que pienso: que si ahora fueses a poseer a esa mujer, ella se odiaría por ello, y te odiaría a ti también en cuanto tuviese tiempo para pensar. Durante diez años, esa mujer ha vivido sola, por ella y por su hijo. Respeta esa decisión. Gánate su confianza. Y eso requiere tiempo, ¿no es así?

—Quiero que sepa que la amo.

—¿He dicho que no puedas decírselo? ¿He dicho que no puedes demostrarle una pequeña parte de lo que estás conteniendo?

—¡Oh, palabras de ángel! —dije. Volvía a estar furioso. Una vez más se rio.

Guardamos un largo silencio. Yo volvía a sentir vergüenza. Vergüenza por haberme puesto en evidencia.

—Todavía no puedo estar con ella, ¿verdad? —pregunté—. No hablo del deseo. Hablo de compañía y amor sinceros, y aprender a amar todos los aspectos de Liona, que ella me salve cada día. Querías que conociese a mi hijo por su bien y por el de ella. Pero no puedo tenerlos a ambos como parte íntima de mi vida. Todavía no puedo, ¿verdad?

—Tu camino es tenebroso y peligroso, Toby.

—¿No se me ha perdonado?

—Sí, se te ha perdonado. Pero ¿era inteligente pensar que podrías apartarte de la vida que has llevado sin que hubiera que compensarla, en cierto modo?

—No. Es algo que pienso continuamente.

—¿Sería correcto no ofrecer ninguna compensación?

—No. Debo compensar.

—¿Es correcto que rompas la promesa que me hiciste de trabajar por el bien en este mundo en lugar de por el mal?

—No —dije—. No quiero romper jamás esa promesa, nunca. Por lo que hice, tengo con el mundo una deuda aplastante. Gracias a Dios, tú me has mostrado una forma de pagarla.

—Y te la seguiré mostrando. Mientras tanto, debes ser fuerte por ella, la madre de tu hijo, ser fuerte por él y por el hombre en que se convertirá. Y no te engañes con respecto a los actos que cometiste, me refiero a su gravedad. Recuerda que esa joven hermosa también tiene un ángel. Ni siquiera es capaz de suponer qué has sido durante todos estos años. Si lo hiciese, podría impedirte estar con tu hijo. Al menos, eso me cuenta su ángel.

Asentí. Era demasiado doloroso para pensarlo, demasiado evidente para negarlo.

—Deja que te cuente algo —dijo—. Incluso si te abandonase ahora, si no volvieses a verme, si llegases a creer que mi presencia no ha sido más que un sueño, jamás podrías adaptarte a una cómoda vida doméstica sin que tu conciencia te destrozase. Los actos extraordinarios requieren compensaciones extraordinarias. Es más, la conciencia puede exigir de los seres humanos cosas que el Creador no pide, que los ángeles no proponen, porque no es necesario hacerlo. La conciencia es parte del ser humano. Y tu conciencia te estaba destrozando antes de que yo llegase a ti. Nunca has carecido de conciencia, Toby. Tu ángel de la guarda, Shmarya, puede confirmártelo.

—Lo siento —murmuré—. Siento todo esto. En este punto te he fallado. Malaquías, no renuncies a mí.

Rio. Una risa dulce y tranquilizadora.

—¡No me has fallado! —replicó con amabilidad—. Para los humanos los milagros suceden en su momento. Y no hay mundo ni tiempo suficiente para que los humanos se acostumbren a los milagros. Nunca lo hacen. Y sí, os he estado observando desde el amanecer de los tiempos. Y los humanos no dejáis de sorprenderme.

Sonreí. Me sentía agotado y muy lejos de la serenidad con respecto a todo esto, pero, evidentemente, sabía que él decía sólo la verdad. La furia se esfumó.

—Una cosa más —dijo con ternura. La compasión le suavizó la cara—. Shmarya quiere que te lo diga —me confió, alzando un poco la ceja—. Dice que si no puedes ser un santo, o monje o sacerdote, que entonces pienses en ser un héroe.

Reí.

—Eso está bien —dije—. Shmarya sabe qué botón pulsar, ¿verdad? —Volví a reír. No podía evitarlo—. ¿Puedo hablar con él cuando lo necesite?

—Llevas años hablándole. Y ahora él te habla a ti. ¿Y quién soy yo para interponerme en medio de una hermosa conversación?

De repente me encontré solo en la galería.

Así de rápido. Solo.

La noche estaba despejada. Estaba descalzo y se me congelaban los pies.

Por la mañana fui a su *suite* para desayunar.

Toby ya estaba vestido con chaqueta y pantalones caquis, y me dijo que había dormido en su propio cuarto y en su propia cama.

Asentí, como si ése fuese el comportamiento que el mundo esperaba de todo chico de diez años, incluso si sus madres disponían de enormes camas en lujosas *suites* de hotel.

Disfrutamos del desayuno servido en la habitación, en una mesa cubierta por un hermoso mantel; la vajilla de plata del hotel mantenía los platos deliciosamente calientes.

No podría soportar la despedida.

No lo conseguiría, pero sabía muy bien qué debía hacer.

Me había traído el maletín y, tras apartar las cosas del desayuno, saqué unas carpetas que le entregué a Liona.

—¿Qué es esto? —preguntó cuando le dije que podría leerlo todo en el avión, e insistió en que me explicase ahora.

—Fondos de fideicomiso, entre otras cosas, uno para ti y otro para él, y una cantidad que se pagará mensualmente, una suma que para mí no presenta ningún problema y que debería cubrir todos vuestros gastos. Y si fuera necesario, hay más.

—No te he pedido nada —se limitó a recordarme.

—No tienes que pedírmelo. Es lo que quiero que tengáis. Aquí hay suficiente para que Toby vaya a estudiar al extranjero, si eso es lo que quiere. A Inglaterra, a Suiza, allí donde se imparta la mejor educación. Quizá podría ir en verano, y pasar el curso escolar en casa. Sobre eso no sé nada, nunca lo he sabido. Pero tú sí. Y la gente del colegio Newman también. Y asimismo tu padre.

Se quedó sentada sosteniendo las carpetas, sin abrirlas, y luego las lágrimas fueron resbalando por sus mejillas.

La besé. La abracé con toda la ternura que fue posible.

—Ahora, todo lo que tengo está reservado para vosotros —dije—. En cuanto lo tenga todo listo, te enviaré más información. Los abogados se toman su tiempo para ponerlo todo a punto. —Vacilé, para luego decir—: Mira, muchas cosas te confundirán. Mi nombre verdadero no aparece en esos papeles, pero el que aparece es el que uso habitualmente para los negocios. Justin Booth. Lo empleé para pagar vuestros billetes de avión, y las habitaciones de este hotel. Y diles a tus abogados que se han pagado todos los impuestos de donación por todas las sumas transferidas a ti y al pequeño Toby.

—Toby, nunca esperé esto...

—Hay algo más. Éste es un móvil de prepago. Llévalo encima. El pin y el código están en la parte posterior. Es todo lo que necesitarás para renovar el servicio. Podrás pagar con él en muchos lugares. Sin problemas. Te llamaré a este móvil.

Asintió con seriedad. Había algo profundamente comprensivo en su actitud de aceptar todo eso sin cuestionar la necesidad del secreto, el porqué del alias.

Volví a besarla, los párpados, las mejillas y los labios. Era tan delicada y agradable como lo había sido siempre. El aroma de su pelo era el mismo de antes. Deseaba agarrarla, llevarla al dormitorio, tomarla y unirla a mí para siempre.

Era tarde. Abajo ya esperaba el coche. El pequeño Toby había vuelto para decir que ya tenía preparada la maleta y estaba listo para ir al avión. Me pareció que no le gustó que besase a su madre. Se situó a su lado, mirándome con decisión. Y cuando le besé a él, preguntó con suspicacia:

—¿Cuándo podremos visitarte de nuevo?

—Tan pronto como pueda preparar el viaje —dije. Sólo Dios sabía cuándo podría ser.

El camino de salida fue el más largo de mi vida, aunque Toby estuvo encantado de subir y bajar cinco tramos de escalera y prestar atención a su voz reverberando en las paredes. Viéndolo así, notabas la bendita inocencia del niño que era.

Demasiado pronto llegamos a la puerta principal del hotel y allí estaba el coche.

Era otro día fresco de California, de cielo despejado y azul, y todas las flores de la Posada parecían encontrarse en su momento más hermoso, y en los árboles los pájaros trinaban con dulzura.

—Te llamaré en cuanto pueda —le dije a Liona.

—Hazme un favor —dijo en voz baja.

—Lo que sea.

—No me digas que llamarás si no es así.

—No, cariño. Te llamaré. Te llamaré aunque llegue el infierno o el diluvio. No sé concretamente cuándo será. —Pensé un momento y añadí—: Concédeme mundo y tiempo suficientes. Recuerda estas palabras. Si tardo, repítelas. Concédeme mundo y tiempo suficientes.

La estreché entre mis brazos y esta vez la besé, sin que me importase quién nos viese, incluso si era el pequeño Toby. Y al soltarla, Liona dio un paso atrás como si hubiese perdido el equilibrio. Igual que yo.

Levanté a Toby, lo sostuve, lo miré y le besé la frente y las mejillas.

—Sabía que serías así —dijo.

—Si le pidiese a Dios en persona un hijo perfecto y si tuviese el valor de decirle cómo hacerlo, pues bien, por lo que a mí respecta Dios no podría haber hecho mejor trabajo.

Luego el coche se fue y ellos desaparecieron, y el mundo enorme y hermoso de la Posada de la Misión quedó más vacío que nunca.

4

Cuando llegué a mi *suite*, Malaquías estaba esperándome, sentado frente a la mesa negra de hierro. Y lloraba. Tenía los codos apoyados en la mesa y se cubría la cara con las manos.

—¿Qué pasa? —pregunté. Me senté—. ¿Es culpa mía? ¿Qué he hecho?

Él se enderezó y lentamente esbozó la sonrisa más triste y dulce.

—¿Realmente te preocupas por mí? —preguntó.

—Pues sí, estabas llorando. Parecías tener el corazón roto.

—No tengo el corazón roto, pero podría tenerlo. Es culpa mía por escuchar a los académicos —dijo. Se refería a los teólogos doctos, a los hombres como Tomás de Aquino.

—Te refieres a los hombres que dicen que no tienes corazón.

—Me hicisteis llorar, vosotros tres —dijo.

—¿Por qué?

Se encogió de hombros.

—En el amor que sentís cada uno por los demás oí el eco del Cielo.

—Ahora eres tú el que me hace llorar a mí —añadí. No podía dejar de mirarle, observar la profundidad de su expresión. Quería abrazarle.

—No es preciso que me confortes —dijo con una sonrisa—. Pero me conmueve que quieras hacerlo. No te imaginas lo misterioso que nos resulta el amor de los humanos, esa ansia de estar completo. Cada ángel está completo. Los hombres y las mujeres de la Tierra nunca están completos, pero buscan estarlo en el amor. Buscan el Cielo.

—Hablando de misterios —repuse—. Pareces un hombre, hablas como un hombre, pero no eres un hombre.

—No, ciertamente no lo soy.

—¿Qué aspecto tienes cuando te encuentras ante el Trono de Dios? —pregunté.

Me dedicó una de sus risas de desaprobación.

—Ante el Trono del Creador soy un espíritu —respondió en voz baja—. Soy un espíritu que en este momento ocupa un cuerpo creado para este mundo. Lo sabes.

—¿Alguna vez te sientes solo?

—¿Tú qué crees? ¿Puedo sentir soledad?

—No —dije—. Los ángeles de Hollywood sienten soledad.

—Muy cierto —asintió con una amplia sonrisa—. Incluso yo siento pena por ellos. Habrá una época en la que comprenderás lo que soy porque tú serás como yo, pero yo jamás sabré lo que es ser como tú ahora. Sólo puedo maravillarme.

—No quiero estar separado de ellos —repuse—. Es algo que me duele profundamente. Sin embargo, si no puedo estar con ellos, entonces con frecuencia oirán mi voz en la distancia. Tendrán todo lo que pueda darles.

De pronto sentí una punzada de pánico. El dinero que había acumulado durante todo esos años era dinero ensangrentado. Pero era todo lo que tenía, y podía emplearlo con ellos, limpiándolo en ese acto, ¿no? No podía retirar los fondos de fideicomiso que ya había creado. Recé por que Malaquías no pusiese objeciones al respecto.

—Ahora os pertenecéis unos a los otros —dijo.

—¿Qué crees? ¿Significa eso que algún día compartiré techo con Liona y Toby?

Pareció reflexionar un momento y luego respondió:

—Piensa en lo que ya ha sucedido. El amor que habéis compartido ya te ha transformado. Mírate. Además, esta breve visita ha alterado para siempre las vidas de Liona y Toby. No pasarás ni un día de tu vida sin saber que los tienes, que te necesitan, que no debes decepcionarles. Y ellos jamás experimentarán un momento sin saber que disfrutan de tu amor y reconocimiento. ¿No aprecias los cambios que ya se están produciendo? Vivir bajo el mismo techo no es más que un aspecto del conjunto.

—Es una forma fría de verlo —dije impulsivamente—. No sabes lo que vivir bajo el mismo techo significa para los humanos.

—Sí, lo sé.

No respondí.

Aguardó. Ahora yo comprendía la trascendencia de lo que había sucedido con Liona y el pequeño Toby, pero aun así la idea de las infinitas posibilidades que surgían de nuestro encuentro no me impedía ansiar mucho más.

—Sabes amar —sentenció—. Eso es lo importante. Puedes amar no sólo a la gente que conoces en el abrazo iluminador del Tiempo de los Ángeles. Puedes amar a gente en tu propio tiempo. La mujer y el niño no te han asustado. Tu corazón late alimentado por un amor nuevo y real que hace dos días te resultaba inimaginable.

Me sentí demasiado abrumado para responder. Me los imaginé de nuevo, Liona y el pequeño Toby, con el aspecto que tenían la primera vez que los vi.

—No. No sabía que podía amar así —susurré.

—Sé que no lo sabías.

—Jamás les decepcionaré —aseguré—. Pero sé misericordioso, Malaquías. Dime que algún día podremos vivir bajo el mismo techo. Dime que al menos es concebible, lo merezca o no. Dime que es posible que algún día lo merezca.

Guardó silencio. Las lágrimas habían desaparecido de sus ojos. Tenía una expresión plácida e inquisitiva. Sus ojos se movían examinándome. Luego me miró directamente.

—Quizá —repuso—. Quizá para eso haya mundo y tiempo suficientes. A su debido momento. Pero ahora no debes pensar en ello. En este momento no puede ser. —Se detuvo, al parecer indeciso sobre decirme o no algo más.

—¿Puedes cometer un error? —pregunté—. No quiero decir que quiero que lo cometas, sólo quiero saberlo. ¿Puedes equivocarte en algo?

—Sí. Sólo el Hacedor lo sabe todo.

—Pero no puedes pecar.

—No —se limitó a decir—. Hace mucho tiempo escogí al Creador.

—¿Puedes contarme sobre Él...?

—Ahora no, quizá nunca —respondió—. No estoy aquí para ofrecerte la historia del Hacedor y Sus ángeles, joven. Estoy aquí para conocerte, guiarte y pedirte que me ofrezcas tus devotos servicios. Ahora dejemos tus preguntas cósmicas para el Cielo y dediquémonos al trabajo que debes realizar.

—Oh, concédeme mundo y tiempo suficientes para compensar lo que he hecho, y mundo y tiempo suficientes para...

—Sí, recuerda esas palabras —dijo— allí donde voy a enviarte, porque se trata de una serie de tareas compleja. Ahora no irás a Inglaterra, o a aquella época, sino a otra en que los niños judíos de Dios se encuentran en mejor y peor situación.

—Entonces responderemos a plegarias judías.

—Sí —asintió—, y en esta ocasión se trata de un joven llamado Vitale, que reza desesperada y devotamente pidiendo ayuda. Y tú irás junto a él y encontrarás un complejo de misterios que has de comprender. Vamos. Es hora de que inicies tu misión.

Al instante habíamos dejado la galería.

No sé qué vieron los demás, si algo vieron.

Yo sólo supe que había abandonado el mundo sensorial de la Posada de la Misión, y el mundo sensorial de Liona y Toby, y que una vez más nos encontrábamos en lo alto de las nubes. Si yo poseía alguna forma, me resultaba imposible verla o sentirla. Sólo veía una bruma blanca girando a mi alrededor, y aquí y allá diminutos destellos de estrellas.

Ansiaba escuchar la música celestial, pero lo que me llegó fueron más bien las canciones del viento, rápidas y refrescantes, que me limpiaban, o eso parecía, de todos mis pensamientos sobre el pasado reciente.

De pronto, allá abajo vi extenderse una ciudad inmensa y aparentemente interminable, una ciudad de bóvedas y jardines en los tejados, torres que se elevaban, y cruces bajo las siempre cambiantes capas de nubes.

Malaquías me acompañaba, pero no podía verle, al igual que no podía verme a mí mismo. No obstante, podía ver las colinas y altos pinos tan familiares de Italia, y supe que ahí era adonde iba, aunque todavía me faltaba descubrir a qué ciudad.

—Lo que ves allí abajo es Roma —dijo Malaquías—. León X ocupa el trono papal, y Miguel Ángel, agotado de su logro en el gran techo de la capilla, se ocupa de otra docena de pedidos y pronto se entregará a la restauración del mismo San Pedro. Rafael pinta gloriosamente todas las dependencias que durante siglos millones de personas vendrán a visitar. Pero nada de eso te importa, como tampoco te daré ni un momento para echar un vistazo al Papa o a cualquier miembro de su séquito, porque como siempre, has sido enviado a un corazón en concreto.

»Este joven, Vitale de Leone, reza con tal intensidad y fe, tan apasionadamente como otros rezan por él, que las oraciones atruenan contra las puertas del Cielo.

Descendíamos, cada vez más cerca de los jardines de los tejados, más cerca de las bóvedas y las torres, hasta que finalmente pudimos distinguir el laberinto de escaleras y callejones sinuosos que formaban las calles de Roma.

—Tú en este mundo eres un judío llamado Toby y, como pronto descubrirás, tocas el laúd, y que ese detalle te sirva de indicio sobre cuán necesarios serán tus variados talentos para concluir esta empresa. Ahora se te conoce como alguien imperturbable y que puede consolar a los inquietos por medio de su música, así que serás bienvenido.

»Sé valiente y afectuoso, y ábrete a aquellos que te necesiten... sobre todo a nuestro frenético y muy desconsolado Vitale, que es por naturaleza un hombre confiado, y que tan valientemente reza pidiendo ayuda. Como siempre, cuento con tu inteligencia, tu temple y tu astucia. Pero igualmente cuento con tu corazón generoso y sabio.

5

Al salir a una pequeña plaza frente a un enorme *palazzo* de piedra, una multitud se congregó como si me hubiese estado esperando.

No era la multitud con que me había topado en Inglaterra durante mi última aventura con Malaquías, pero estaba claro que algo pasaba y yo me encontraba justo en medio.

La multitud estaba formada mayormente por judíos, o eso me parecía, porque muchos llevaban el círculo amarillo cosido a la ropa, y otros llevaban borlas azules en los extremos de sus largas túnicas de terciopelo. Eran ricos, hombres influyentes, cosa que me quedó clara tanto por su porte como por sus vestimentas.

En cuanto a mí, iba vestido con una exquisita túnica de terciopelo plegado, con mangas cortadas de forro plateado, calzones caros de un verde llamativo y altas botas de cuero. Llevaba también unos exquisitos guantes de cuero con rebordes de pelo. A la espalda, una delgada cinta de cuero sostenía un laúd. Yo también llevaba la marca amarilla. Y al darme cuenta sentí una vulnerabilidad desconocida para mí.

El pelo me llegaba a los hombros. Era rubio y rizado, y me sobrecogió más reconocerme así que cualquier cosa que pudiese hacer la multitud.

Todos a la vez se hacían a un lado y me indicaban la puerta de una casa por la que se veía la luz del patio interior.

Sabía que ese lugar era mi destino. No tenía ninguna duda. Pero antes de alcanzar la cuerda de la campanilla, o gritar un nombre, uno de los ancianos de la multitud avanzó como para cortarme el paso.

—¿Asumes el riesgo de entrar en esta casa? —preguntó—. Está en posesión de un *dybbuk*. En tres ocasiones hemos convocado a los ancianos para exorcizar a ese demonio, pero hemos fracasado.

»Sin embargo, el terco joven que habita la casa se niega a abandonarla. Y ahora el mundo, que en su momento confió en él y le respetaba, ha empezado a temerle y tratarle con desprecio.

—Aun así —repuse—, aquí estoy para verle.

—Esta situación no nos beneficia —dijo otro de los presentes—. Y que toques el laúd para ese joven no va a cambiar lo que sucede bajo este techo.

—En ese caso, ¿qué creéis que debería hacer? —pregunté.

Una risa incómoda recorrió el grupo.

—Aléjate de esta casa y aléjate de Vitale ben Leone

hasta que decida salir de la casa y el propietario ordene derribarla.

La casa parecía inmensa, con cuatro pisos de ventanas con arcos redondeados, y las palabras anteriores sonaban a desesperación.

—Os digo que algo malvado habita en este lugar —me advirtió otro de los hombres—. ¿No lo oís? ¿No oís el ruido del interior?

De hecho, sí que podía oír el ruido del interior. Parecía que lanzaban objetos y que rompían cosas de cristal.

Golpeé la puerta. Luego vi la cuerda de la campanilla y tiré con fuerza. Si sonó, lo hizo en lo más profundo de la casa.

Al abrirse finalmente la puerta, los hombres que me rodeaban se echaron atrás y un joven caballero, como de mi edad, apareció en el umbral. Su pelo era abundante y negro, hasta los hombros, rizado, y tenía los ojos hundidos. Iba tan bien vestido como yo, con una túnica acolchada y calzones, y calzaba zapatillas de cuero de Marruecos.

—Ah, bien, habéis venido —me dijo y, sin dedicar ni una palabra a los demás, me hizo entrar.

—Vitale, abandona este lugar antes de que llegue tu ruina —le advirtió uno de los hombres.

—Me niego a escapar corriendo —respondió Vitale—. No dejaré que me echen. Y además, el *signore* Antonio es el propietario de esta casa. Él es mi patrón y hago lo que me dice. Niccolò es su hijo, ¿no es así?

La puerta se cerró y las pesadas hojas de madera fueron atrancadas.

Dentro había un viejo sirviente que sostenía una vela que protegía con dedos esqueléticos.

Pero la luz directa llegaba desde el alto tejado hasta el patio, y sólo cuando enfilamos los anchos escalones de piedra quedamos sumidos en las sombras y fue necesaria la pequeña llama para guiarnos.

Era como muchas casas italianas, que a la calle sólo mostraba banales paredes con ventanas, pero cuyo interior merecía la palabra *palazzo*. Me gustaron su gran tamaño y su solidez mientras recorría salas vastas y relucientes. Entreví hermosas paredes cubiertas de frescos, suelos de exquisito mármol y numerosos tapices oscuros.

Un fuerte ruido de algo golpeando hizo que nos detuviéramos.

El viejo sirviente pronunció unas oraciones en latín y se persignó, lo que me sorprendió, pero el joven que me acompañaba se mostraba valiente y desafiante.

—No dejaré que me eche —dijo—. Descubriré qué es y qué quiere. Y en cuanto a Niccolò, encontraré la forma de curarle. No estoy maldito y no soy un envenenador.

—¿De eso os acusan? ¿De envenenar al paciente?

—Es por el fantasma. Si no fuese por el fantasma, nadie me acusaría de nada. Es por culpa del fantasma que no puedo ayudar a Niccolò, que es lo que debería estar haciendo ahora. Hice correr la noticia de que quería que tocaseis el laúd para Niccolò.

—Entonces vamos con él, y tocaré el laúd como deseáis.

Me miró, indeciso, y luego se agitó cuando otro feroz golpe llegó desde lo que podría ser el sótano.

—¿Creéis que se trata de un *dybbuk*? —preguntó.

—No lo sé.

—Venid a mi estudio —dijo—. Hablemos unos minutos antes de ir junto a Niccolò.

Ahora llegaban sonidos de todas partes; puertas chirriantes, y alguien en un piso de abajo golpeando con los pies.

Al final abrimos las puertas dobles del estudio y rápidamente el sirviente encendió más velas a medida que cerraba las persianas. Aquel lugar estaba repleto de libros y papeles, y pude ver un expositor de vidrio con viejos volúmenes encuadernados en piel. Resultaba evidente que algunos libros estaban impresos y otros no. Sobre diversas mesas pequeñas había códices manuscritos abiertos y otros papeles cubiertos de garabatos, y en el centro de la estancia se encontraba el escritorio.

Con un gesto me indicó que ocupase la silla romana a un lado. Luego se dejó caer en la suya, apoyó los codos en el escritorio y ocultó la cara entre las manos.

—No creía que vendrías —dijo—. No sabía quién en Roma tocaría el laúd para mi paciente ahora que he caído en desgracia. Sólo el padre de mi paciente, mi buen amigo el *signore* Antonio, cree que cualquier cosa que se haga puede ser de ayuda.

—Haré lo que preciséis de mí —dije—. ¿Creéis que un laúd calmará a ese espíritu inquieto?

—Tal vez —admitió—, pero en los tiempos de la Santa Inquisición, ¿suponéis que alguien se atrevería a convocar a un demonio? Si lo hiciese lo tacharían de brujo o hechicero. Además, os necesito junto a mi paciente.

—Consideradme la respuesta a vuestras plegarias. Tocaré para vuestro paciente y también haré lo posible por ayudaros con ese espíritu.

Me miró largo rato, pensativo, y luego dijo:

—Puedo confiar en vos. Sé que puedo.

—Bien. Dejadme serviros.

—Primero escuchad mi historia. Es breve y tenemos que actuar, pero dejad que os cuente cómo sucedió.

—Sí, contádmelo todo.

—El *signore* Antonio me hizo venir de Padua, junto con su hijo Niccolò, que se ha convertido en mi amigo más íntimo en este mundo, aunque yo soy judío y estos hombres son gentiles. Fui educado como médico en Montpellier, donde conocí a padre e hijo. Pronto empecé a copiar para el *signore* Antonio textos médicos del hebreo al latín. Posee una biblioteca, que para él lo es todo, cinco veces más grande que ésta. Niccolò y yo éramos camaradas de borracheras así como compañeros de estudios, y fuimos todos juntos a Padua y finalmente vinimos a su hogar aquí en Roma, donde el *signore* Antonio me estableció en esta casa a fin de que la preparara para Niccolò y su prometida. Pero luego apareció el fantasma, la primera noche que me arrodillé para rezar.

Otro golpe fuerte desde arriba y el sonido de alguien caminando, aunque a mí me parecía que, en una casa como aquélla, no se oiría el sonido de una persona normal caminando.

El sirviente seguía con nosotros, agachado junto a la puerta, sosteniendo la vela. Su cabeza era calva y rosada, con sólo algunos mechones de pelo oscuro, y nos miraba con incomodidad.

—Bien, Pico, ve —dijo Vitale—. Corre donde el *signore* Antonio y dile que nos estamos ocupando del asunto.

Agradecido, el hombre se marchó presuroso.

Vitale me miró.

—Os ofrecería alimento y bebida, pero aquí no hay nada. Los sirvientes han huido. Todos se han ido, menos Pico. Pico moriría por mí. Quizá crea que eso es lo que va a suceder.

—El fantasma —le recordé—. Decís que llegó la noche que rezasteis. Eso es importante para vos.

Me miró con seriedad.

—Sabéis, siento como si os conociese de toda la vida —dijo—. Siento que puedo contaros mis secretos más profundos.

—Podéis —afirmé—. Pero si pronto debemos ver a Niccolò, tendréis que hablar con rapidez.

Siguió mirándome; sus ojos oscuros irradiaban un tenue ardor que me resultaba fascinante. Su rostro era un libro abierto, como si no pudiese ocultar ninguna emoción, incluso queriendo, y parecía que en cualquier momento estallaría en exclamaciones vehementes, pero en cambio se tranquilizó y empezó a hablar en voz baja y serena.

—Mi temor es que el fantasma siempre haya estado

aquí. Estaba aquí y aquí estará después de que nos obligue a irnos. La casa llevaba veinte años cerrada. El *signore* Antonio me contó que hace mucho tiempo se la había prestado a uno de sus estudiosos hebreos, uno de los primeros. No me contó nada más de ese hombre, excepto que vivió aquí. Entonces quería la casa para Niccolò y su prometida, y yo debía ejercer de secretario de Niccolò, médico cuando fuera necesario, y posiblemente tutor de sus hijos cuando nacieran. Era un plan de lo más feliz.

—Y Niccolò todavía no estaba enfermo.

—Oh, no, en absoluto. Niccolò estaba bien, deseando casarse con Leticia. Niccolò y su hermano Ludovico tenían muchos proyectos. No, a Niccolò no le había pasado nada malo.

—Y luego rezasteis la primera noche y el fantasma comenzó a molestar.

—Sí. Veréis, encontré la habitación de arriba, que había servido de sinagoga. Di con el arca y los antiguos rollos de la Torá. Habían pertenecido al estudioso al que el *signore* Antonio tiempo atrás permitió vivir aquí. Me arrodillé y recé, y temo que recé por cosas por las que no tenía derecho a rezar.

—Contadme.

—Recé pidiendo fama —dijo en voz muy baja—. Recé pidiendo riquezas. Recé pidiendo reconocimiento. Recé pidiendo que, de alguna forma, me convirtiese en un gran médico de Roma y un gran estudioso para el *signore* Antonio, quizá traduciendo para él textos que nadie había descubierto todavía o nadie había revelado.

—A mí me parecen aspiraciones muy humanas —dije—, y considerando vuestras dotes, se me antoja muy comprensible.

Me miró con tal agradecimiento que me conmovió.

—Es que poseo muchas dotes —admitió con humildad—. Tengo dotes para escribir y leer que me podrían mantener ocupado todos mis días. Pero también tengo dotes como médico, y la habilidad de tocar la mano de un hombre y saber qué le pasa.

—¿Qué tiene de malo rezar pidiendo el florecimiento de esos dones?

Sonrió y meneó la cabeza.

—Habéis venido a tocar el laúd para mi amigo —dijo—, pero ahora me confortáis más que cualquier música. Lo importante es que aquella noche el fantasma inició sus movimientos, sus golpes, sus lanzamientos de objetos al suelo. Fue justo después de mi oración cuando despedazó este estudio (y creedme, puede hacer que los tinteros vuelen), y desde entonces se retira al sótano, donde da puñetazos a los toneles.

—Amigo mío, este fantasma podría no tener ninguna relación con la oración. Sigamos. ¿Qué le sucedió a Niccolò?

—Bien, por esa época Niccolò se cayó de un caballo. No fue nada importante y la herida sanó de inmediato. Niccolò es más fuerte que yo. Pero desde entonces no ha dejado de empeorar. Ha palidecido. Se estremece y cada día está peor. Esa enfermedad le reconcome la mente, el no poder hacer nada, estar siempre postrado y ver cómo sus manos tiemblan.

—¿La herida está limpia? ¿Estáis seguro?

—Seguro. No tiene fiebre por esa herida. Nada de fiebre. Y ahora se propagan rumores, como siempre, de que yo, su médico judío, ¡le enveneno! Oh, gracias al Cielo que *signore* Antonio me cree.

—Es muy peligroso ser acusado de envenenamiento —comenté. La historia lo demostraba. No hacía falta que nadie me lo dijese.

—Tengo la autorización del *signore* Antonio, todo correctamente firmado, para tratar al paciente, y la garantía de que se me pagará viva o muera, y que no se podrá presentar ninguna acusación formal contra mí. Es lo habitual en Roma y tengo dispensa papal para tratar a cristianos. La tengo desde hace años. Se me dispensa de llevar la marca amarilla. Todo está en orden. No me preocupa qué será de mí. Me preocupa el fantasma y por qué está aquí. Y mi mayor preocupación es lo que le sucederá a Niccolò. Si no fuese por el fantasma no me acusarían y mis otros pacientes no habrían huido. Pero puedo pasar sin ellos. Puedo pasar sin todo. Lo único que me interesa es que Niccolò esté bien, que recupere la salud. Pero debo descubrir por qué este fantasma me atormenta y por qué no puedo curar a Niccolò, que está tendido cerca de aquí, debilitándose cada vez más en su propia casa.

—Vayamos a ver a Niccolò. Más tarde podremos hablar sobre el fantasma.

—Oh, pero he de deciros una cosa más. Sé que la primera noche recé con orgullo. Sé que lo hice.

—Todos lo hacemos, amigo mío. ¿No es acaso signo de orgullo pedirle algo a Dios? Y sin embargo Él nos dice que pidamos. Nos dice que pidamos de la misma forma que Salomón pidió sabiduría.

Se echó atrás y pareció tranquilizarse.

—Como pidió Salomón —susurró—. Sí. Lo hice. Le dije que quería todos esos dones, dones del espíritu, la mente y el corazón. Pero ¿tenía derecho a pedirlos?

—Vamos —dije—. Visitemos a vuestro amigo Niccolò.

Hizo una pausa y aguzó el oído. La casa parecía en calma. Ya no se oía nada.

—¿Creéis que el *dybbuk* ha estado escuchando? —pre-guntó.

—Quizá. Si puede emitir sonido, también podrá oírlos, ¿no os parece?

—Oh, que el Señor os bendiga. Me alegra tanto que hayáis venido... Vamos.

Me cogió una mano entre las suyas. Era un hombre apasionado e impulsivo, y comprendí lo diferente que era en espíritu de aquellos a los que había visitado en mi última aventura, que a pesar de su pasión carecían de esta sangre caliente del Mediterráneo.

—Aún no sé vuestro nombre —me dijo.

—Toby —respondí—. Ahora vayamos a ver al paciente. Mientras toco el laúd puedo prestar atención, observar y comprobar si de hecho lo están envenenando.

—Oh, pero eso no es posible.

—No me refiero a vos, Vitale, me refiero a otro.

—Pero yo os digo, Toby, que aquí no hay nadie que

no le ame, nadie que pudiera soportar perderle. Tal es la raíz de este horrible misterio.

Encontramos la misma multitud en el callejón, pero en esta ocasión a los judíos se les habían unido algunos mirones y varios tipos extraños que no me gustaron nada.

Pasamos sin decir nada, y a medida que nos abríamos paso a través del gentío, Vitale me susurraba.

—Ahora aquí las cosas están mejorando para los judíos. El Papa tiene un médico judío y es amigo mío, y por todas partes solicitan estudiosos judíos. Creo que todo cardenal tiene entre su personal a un estudioso hebreo. Pero la situación podría cambiar en un instante. Si Niccolò muere, que el Señor tenga piedad de mí. Con este *dybbuk* no sólo se me acusará de envenenarle, sino también de brujería.

Asentí, mientras me abría paso entre los transeúntes, vendedores ambulantes y mendigos. Las cocinas y tabernas añadían sus olores y aromas a la estrecha calle.

A los pocos minutos llegamos a la casa del *signore* Antonio y de inmediato se nos permitió cruzar las inmensas puertas de hierro.

6

Entramos en un enorme patio repleto de árboles en macetas dispuestos alrededor de una fuente reluciente.

El anciano encorvado y marchito que nos había abierto la puerta sacudía la cabeza y se mostraba apesadumbrado.

—Hoy está peor, joven amo —advirtió—, y temo por él. Su padre ha bajado de sus aposentos y se niega a dejar de velarle junto a la cama. Ahora os espera.

—Es bueno que el amo Antonio haya bajado, está muy bien —dijo Vitale, y me confió—: Cuando Niccolò sufre, Antonio sufre. Ese hombre vive para sus hijos. Deja que me ocupe de sus libros, sus papeles y su trabajo, pues sin sus hijos él no sería nada.

Ascendimos por una escalinata ancha e impresionante de escalones bajos y piedra labrada. Y luego recorrimos una larga galería. Por todas partes colgaban tapices espectaculares; princesas errantes y jóvenes galantes de cacería, y grandes secciones de la pared presentaban alegres frescos pastorales. Su técnica era tan buena que bien los hubiera podido firmar Miguel Ángel o Rafael, y bien podría ser que algunos hubiesen sido realizados por sus aprendices o estudiantes.

A continuación pasamos a una serie de antecámaras, todas con suelos de mármol y alfombras persas y turcas. Las paredes desnudas estaban adornadas con espléndidas escenas clásicas de ninfas bailando en jardines paradisíacos. Sólo ocasionalmente se veía una mesa larga de madera barnizada ocupando el centro de una sala. No había más mobiliario.

Finalmente, las puertas dobles se abrieron hacia un enorme y recargado dormitorio, a oscuras, excepto por la luz que nos acompañaba. Allí yacía Niccolò, recostado en un montón de almohadas de lino bajo un enorme baldaquín dorado y rojo.

Tenía el pelo rubio, abundante y enmarañado sobre la frente sudorosa. De hecho, parecía tan febril e inquieto que quise pedir que alguien le lavase la cara de inmediato.

También me quedó claro que estaba siendo envenenado: tenía la vista empañada y las manos le temblaban. Durante un momento nos miró como sin vernos.

Tuve la horrible impresión de que el veneno en la sangre ya había alcanzado la dosis letal. Sentí un punto de pánico.

¿Me había enviado Malaquías para que conociese la amargura del fracaso?

Junto a la cama se hallaba un caballero venerable ataviado con una larga túnica de terciopelo borgoña, calzas negras y zapatillas de cuero enjoyado. Tenía un espeso pelo blanco casi brillante, con un pico de viuda que le otorgaba una considerable distinción, y se alegró al ver a Vitale. Pero no dijo nada.

Al otro lado de la cama había un hombre joven al parecer conmovido por la escena; las lágrimas le humedecían los ojos y las manos le temblaban casi tanto como las del paciente.

Pude apreciar que se parecía al anciano y a su hijo, pero su apariencia estaba marcada por algo muy diferente. Para empezar, carecía de las entradas, y tenía ojos más grandes y de un azul más profundo que los otros dos, y mientras que el anciano manifestaba su preocupación de una forma devota, el joven parecía a punto de derrumbarse.

Hermosamente ataviado con una túnica bordeada en oro con mangas cortadas y forro de seda, llevaba una espada al cinto. Iba afeitado y tenía un pelo negro, corto y rizado.

Todo eso lo aprecié casi de inmediato. Vitale besó el anillo del caballero sentado junto a la cama y dijo en voz baja:

—*Signore* Antonio, me alegra encontraros aquí, aunque es triste que tengáis que ver a vuestro hijo en este estado.

—Dime, Vitale —preguntó el anciano—, ¿qué le pasa? ¿Cómo es posible que una simple herida producida al caer del caballo pueda causar tal estado?

—Eso pretendo descubrir, *signore* —dijo Vitale—. Os entrego mi corazón como garantía.

El joven al otro lado de la cama se inquietó aún más.

—Padre, aunque me duele decirlo, sería mejor escuchar la opinión de otros médicos. Tengo mucho miedo. Mi hermano aquí tendido no es mi hermano. —Las lágrimas le anegaban los ojos.

—Sí, acepto esta dieta de caviar, Ludovico —le dijo el paciente al joven, por lo visto su hermano. Cada palabra le costaba un esfuerzo—. Pero, padre, confío plenamente en Vitale, de la misma forma que tú confiaste en él. Y si no me curo, entonces tal será la voluntad de Dios.

Entornó los ojos y me miró, intrigado por mi presencia.

—¿Una dieta de caviar? —preguntó el padre—. No comprendo.

—Que mi hermano tome caviar por su pureza —dijo Ludovico—, y que lo tome tres veces al día como único alimento. Pedí consejo al respecto a los médicos del Papa. Yo me limito a repetir lo que me dijeron. Está tomando esa dieta desde que sufrió la caída.

—¿Por qué no se me informó? —preguntó Vitale, mirándome al hablar, y luego a Ludovico—. ¿Caviar y nada más? ¿No os satisface la comida que recomiendo?

Vi un fugaz destello de furia en los ojos de Ludovico. Aparentemente estaba demasiado angustiado para sentirse agraviado.

—A mi hermano no le sentaba bien esa comida —dijo con una media sonrisa—. El Santo Padre en persona ha enviado el caviar. —Y a continuación se lo explicó a su padre, expresando una confianza casi tierna—. Su predecesor seguía esta dieta. Y tuvo una larga vida, con buena salud y vigor.

—No pretendo insultar a Su Santidad —dijo Vitale—, y es muy bondadoso por su parte enviar el caviar, por supuesto. Pero nunca he oído nada más extraño.

Me miró significativamente, pero dudo que alguien más se diese cuenta.

Niccolò se apoyó en los codos y logró sentarse trabajosamente, demasiado débil pero decidido a hablar.

—No me importa, Vitale. Tiene buen sabor y parece que es lo único que puedo saborear. —Más que hablar, susurraba—. Sin embargo, me quema los ojos. Aunque probablemente cualquier otra comida tendría el mismo efecto.

«Me quema los ojos.»

Mi mente reflexionaba inquieta. Evidentemente, nadie tenía idea de que yo era un hombre que había preparado venenos y sabía administrarlos disimuladamente, y si había un alimento que podía enmascarar un veneno ése era el caviar negro puro, porque podías añadirle casi cualquier cosa sin desnaturalizar su sabor.

—Vitale —preguntó el paciente—, ¿quién es el hombre que te acompaña? —Me miró—. ¿Qué hace aquí? —Le resultó una agonía pronunciar esas palabras.

En ese momento, para mi alivio, una sirvienta llegó con un cuenco de agua y procedió a aplicarle un trapo frío en la frente. Luego le limpió el sudor de las mejillas. A él le molestó y le indicó que parase, pero el anciano le dijo que siguiese.

—He traído a este hombre para que toque el laúd para

ti —le explicó Vitale—. Ya sabes que la música siempre te ha calmado. Tocará bajo, para no agitarte.

—Oh, sí —dijo Niccolò recostándose sobre las almohadas—. Es un gesto muy amable.

—El rumor de la calle dice que has contratado a este hombre para tocarle al demonio de tu casa —dijo súbitamente Ludovico. Una vez más parecía al borde de las lágrimas—. ¿Es eso verdad? ¿Y acaso ahora intentas engañarnos?

Vitale se quedó conmocionado.

—Ludovico, basta —ordenó el padre—. En esa casa no hay ningún demonio. Y no quiero volver a oírte hablarle así a Vitale. Éste es el hombre que me devolvió la salud cuando todos los doctores de Padua, donde hay más médicos que en cualquier otro lugar de Italia, me daban por muerto.

—Oh, padre, sí que hay un espíritu maligno en esa casa —se obstinó Ludovico—. Todos los judíos lo saben. Incluso le dan un nombre.

—*Dybbuk* —dijo Vitale con recelo, y algo temerariamente para ser un hombre con un fantasma en su casa.

—Ese *dybbuk* acompaña a este hombre desde que le entregaste las llaves —prosiguió Ludovico—. A partir de que el *dybbuk* llegó allí y se puso a romper ventanas en plena noche, las habilidades como médico de Vitale se han desintegrado ante nuestros ojos.

—¿Desintegrado? —Vitale no salía de su asombro—. ¿Quién dice que mis habilidades se han desintegrado? ¡Ludovico, eso es mentira! —Estaba dolido y confuso.

—Pero los pacientes judíos ya no acuden a ti, ¿no es así?

—replicó Ludovico. De pronto cambió de tono—. Vitale, amigo mío, por el amor de mi hermano, di la verdad.

Vitale estaba desesperado, pero Niccolò se limitó a mirarle con ojos confiados y afectuosos, y el anciano se mostró pensativo y reservado.

—Los propios judíos lo han contado —dijo Ludovico—. En tres ocasiones han intentado expulsar a ese *dybbuk* de la casa. Se halla en tu estudio, en la estancia donde guardas las medicinas, y en cada esquina de tu casa, ¡y quizás en cada rincón de tu mente! —El joven estaba cada vez más frenético.

—No debes decir esas cosas —terció el pobre Niccolò, y en vano intentó una vez más alzarse sobre los codos—. No es culpa suya que yo esté enfermo. ¿Crees que todo hombre que tiene fiebre y muere lo hace porque hay un demonio en una casa de la misma calle? Deja de hablar así.

—Tranquilo, hijo mío, tranquilo —dijo el anciano, e intentó que se echara de nuevo sobre las almohadas—. Y recordad, hijos míos, la casa en cuestión es mía. Por tanto, el demonio, o el *dybbuk*, como lo llaman los judíos, ciertamente es problema mío. Debo ir a la casa y enfrentarme a ese espíritu malévolo que ahuyenta exorcistas tanto judíos como romanos. Debo ver a ese espíritu con mis propios ojos.

—¡Padre, te lo ruego, no lo hagas! —exclamó Ludovico—. Vitale no te cuenta lo violento que es ese espíritu. Los médicos judíos que han pasado por aquí nos lo han contado. Lanza objetos y los rompe. Pisotea.

—Bah, tonterías —dijo el padre—. Creo en la enfermedad y creo en la cura. Pero ¿en los espíritus? ¿Espíritus que lanzan objetos? Eso tendré que verlo con mis propios ojos. A mí me basta que Vitale esté aquí con Niccolò.

—Sí, padre —asintió el enfermo—, y también es suficiente para mí. Ludovico, tú siempre apreciaste a Vitale, tanto como yo. Los tres hemos sido los mejores amigos desde Montpellier. —Y se volvió a su progenitor—. Padre, no prestes atención a esas habladurías.

—No presto atención, hijo mío —dijo éste, observando con pena a su pobre hijo, pues cuanto más protestaba, más enfermo parecía.

Ludovico se arrodilló junto a la cama y lloró apoyando la frente en su brazo.

—Niccolò, haría todo lo posible por verte curado —dijo, aunque las lágrimas dificultaban entenderle—. Quiero a Vitale. Siempre lo he querido. Pero los otros médicos dicen que está hechizado.

—Basta ya, Ludovico —ordenó el padre—. Alarmas a tu hermano. Vitale, atiende a mi hijo. Vuelve a examinarle. Para eso has venido.

Vitale lo observaba todo con atención, igual que yo. No lograba identificar el veneno por ningún olor de la habitación, pero eso no implicaba nada. Conocía varios venenos que combinados con el caviar servirían igual de bien. Sin embargo, una cosa estaba clara: el paciente todavía conservaba ciertas fuerzas.

—Vitale, siéntate conmigo —dijo el enfermo—. Quédate hoy conmigo. He tenido muy malos pensamientos. Me veo muerto y enterrado.

—No hables así, hijo mío —repuso el padre.

Ludovico estaba emocionado.

—Hermano, no sé qué es la vida sin ti —dijo con amor fraterno—. No me hagas saberlo. Mi primer recuerdo es verte de pie junto a mi cuna. Por mí, así como por tu padre, debes recuperarte.

—Bien, ahora dejadnos —pidió Vitale—. *Signore*, confiad en mí como siempre habéis confiado. Quiero examinar al paciente, y vos, Toby, situaos ahí —señaló una esquina— y tocad bajo para calmar los nervios de Niccolò.

—Sí, eso está bien —aceptó el padre. Se puso en pie y le indicó al hermano más joven que saliese.

El joven se negó.

—Apenas ha probado el último caviar que se le ha dado —dijo, y señaló una bandeja de plata en la mesilla. El caviar estaba en un platito de cristal con una delicada cucharilla de plata. Ludovico llenó la cucharilla y la llevó a los labios de Niccolò.

—No, no más. Te lo repito, me quema los ojos.

—Vamos, lo necesitas —lo instó el hermano.

—No, más no, ahora mismo no soporto nada —insistió Niccolò. Sin embargo, quizá para tranquilizar a su hermano, tomó la cucharilla y comió el caviar. Sus ojos empezaron a ponerse rojos y llenarse de lágrimas.

Una vez más Vitale pidió a todos que saliesen. Con un gesto me indicó que me sentase en la esquina, donde una suntuosa silla negra magníficamente esculpida me miraba con furia como si quisiese devorarme.

—Quiero quedarme —dijo Ludovico—. Deberías pedirme que me quedase, Vitale. Si te acusan...

—Tonterías —repuso el padre y, agarrando al hijo de la mano, lo sacó de allí.

Me acomodé en la silla, un monstruo real de exuberantes garras negras, con cojines rojos en el respaldo y el asiento. Me quité los guantes, los calcé en el cinto y me puse a afinar el laúd haciendo el menor ruido posible. Era un instrumento muy bello. Pero en mi mente moraban otras ideas.

El paciente no había sido envenado hasta la aparición del *dybbuk*. Con toda seguridad el envenenador moraba aquí, en esta casa, y tenía la corazonada de que se trataba del hermano, quien se aprovechaba de la aparición del fantasma. Dudaba que el envenenador tuviese el ingenio para producir un fantasma. No, el fantasma no era producto del envenenador. Pero éste era lo suficientemente inteligente para haber iniciado su mala obra aprovechando la aparición del *dybbuk*.

Me puse a tocar una de las melodías más antiguas que conocía, un baile basado en unas pocas variaciones de acordes básicos, e hice que la música sonara lo más suave posible.

Fui consciente de que estaba tocando un buen laúd en el mismo período en que se había vuelto extremadamente popular. Me encontraba en una época en la que posiblemente aquel instrumento había alcanzado su música más excelsa. Pero no tenía tiempo para perderme en ese pensamiento, de la misma forma que no tenía tiempo para llegarme hasta la basílica de San Pedro y contemplar su construcción.

Pensaba en el envenenador y en lo afortunados que éramos de que hubiese decidido tomarse su tiempo.

En cuanto al misterio del *dybbuk*, tendría que esperar a que se resolviera el misterio del envenenador, porque éste, aunque paciente, no precisaba de mucho más tiempo para completar su perfidia.

Estaba tocando suavemente cuando Vitale me indicó que bajara el volumen.

Sostenía la mano del enfermo para comprobar el pulso. Luego se inclinó con delicadeza y pegó la oreja al pecho de Niccolò.

Colocó ambas manos en la cabeza del joven y le examinó los ojos. Niccolò se estremecía. No podía controlarse.

—Vitale —susurró, quizá para que yo no pudiera oírle—. No quiero morir.

—No te dejaré morir, querido amigo —dijo Vitale.

Entonces retiró las sábanas para examinarle los pies y tobillos. Tenía una vieja mancha incolora en el tobillo, pero no era motivo de alarma. El paciente podía mover los miembros, aunque se estremecían. Eso podía indicar la presencia de varios posibles venenos atacando el sistema nervioso. Pero ¿cuál? ¿Y cómo demostrar quién lo hacía y por qué?

Oí un sonido fuera. Alguien estaba llorando. Por los sollozos supe que era Ludovico.

Me puse en pie.

—Si me lo permitís, hablaré con vuestro hermano —le dije en voz baja a Niccolò.

—Consoladle —asintió—. Hacedle saber que nada de esto es culpa suya. El caviar me ha ayudado. Lo considera muy beneficioso. No dejéis que crea que es culpa suya.

Me lo encontré en la antecámara, con aspecto de estar perdido y confuso.

—¿Podría hablar con vos? —le dije con cortesía—. Mientras vuestro hermano descansa y lo examinan, ¿puedo ayudaros?

Sentía el impulso irresistible de hacerlo, cuando de hecho, en el desarrollo normal de los acontecimientos, era algo que no habría hecho en absoluto.

Él me miró como si fuera el ser más solitario del mundo. Mientras lloraba parecía existir en un aislamiento puro, mirando la puerta de la habitación de su hermano.

—Él es la razón de que mi padre me haya aceptado —musitó—. No sé por qué os lo cuento, pero necesito contárselo a alguien. Debo contarle a alguien lo inquieto que me siento.

—Vamos. ¿Hay algún lugar donde podamos hablar tranquilamente? Es muy difícil ver sufrir a un ser querido.

Bajamos la amplia escalera del *palazzo* y llegamos al enorme patio. Pasamos luego a otro patio completamente diferente del primero, ya que estaba lleno de flores tropicales.

Se me erizó el vello de la nuca.

Este sitio recibía mucha luz, a pesar de que el *palazzo* tenía cuatro pisos de alto y la zona estaba naturalmente protegida debido a su reducido tamaño. Hacía mucho calor.

Había naranjos y limoneros, y flores púrpuras y de un blanco cerúleo; algunas las conocía y otras no. Pero si en este lugar no había plantas venenosas, entonces mi madre había criado a un tonto.

En el centro del patio, donde los rayos del sol irradiaban una luz dulce y hermosa, había una mesa y dos sillas sencillas. Encima de la mesa había un montón de papeles, una jarra de vino y dos copas.

Ludovico, abatido y moviéndose casi como en un sueño, llenó una copa y se la bebió con avidez.

Sólo entonces se le ocurrió ofrecerme la otra copa, pero rehusé.

Parecía agotado y desolado por su llanto. No había duda de que se sentía sinceramente triste. De hecho, estaba llorando de pena. Me pregunté si estaba en ese estado porque en su mente y su corazón su hermano ya había muerto.

—Sentaos, por favor —me dijo, y luego se sentó torpemente y se dejó caer sobre la mesa, provocando que varios papeles cayesen al suelo.

A su espalda, en una enorme maceta, se elevaba un árbol larguirucho de hojas pálidas que yo conocía muy bien. Una vez más el vello se me erizó. Conocía las flores púrpuras de aquel árbol. Y también las diminutas semillas negras que caían junto con las flores, como ya había pasado en la tierra húmeda de la maceta.

Recogí los papeles y volví a colocarlos sobre la mesa. Dejé el laúd junto a la silla.

—No poseo demasiado don para la poesía, pero aun

así soy poeta a falta de otra cosa —me dijo—. He viajado por el mundo y he disfrutado de toda su alegría... bueno, quizá la mayor alegría fue escribirle a Niccolò y reunirme con él. Y ahora debo pensar en el vasto y amplio mundo, el mundo que he recorrido sin él. Y cuando lo pienso así, no hay mundo.

Fijé la mirada en la tierra de la maceta. Estaba cubierta de semillas negras. Una sola de ellas habría sido mortal para un niño. Varias, cuidadosamente troceadas, serían mortales para un hombre. Una pequeña porción, administrada regularmente con caviar, podría hacer enfermar lentamente a un hombre y con cada dosis acercarlo a la muerte.

El sabor de aquellas semillas era espantoso, como sucede con muchos venenos. Pero si algo podía ocultarlo, era el caviar.

—No sé por qué os cuento estas cosas —continuó Ludovico—, excepto porque parecéis amable, un hombre capaz de mirar en el alma de otro hombre. —Suspiró—. Comprendéis que un hombre puede querer insoportablemente a su hermano. Y seguramente también comprendéis que un hombre podría sentirse un cobarde al tener que enfrentarse a la muerte de su hermano.

—Deseo comprender —dije—. ¿Cuántos hijos tiene vuestro padre?

—Sólo nosotros dos. ¿Y sabéis hasta qué punto me despreciará si Niccolò desaparece? Oh, ahora me quiere, pero me despreciará si soy el superviviente. Fue sólo por mediación de Niccolò que me hizo venir de casa de mi madre. No hace falta que hablemos de mi madre. Nunca hablo de ella. Podéis comprenderlo. No era preciso que mi padre me reconociese, pero Niccolò me quería, me quiso desde el primer momento en que jugamos siendo niños, y un día, fui sacado del burdel donde vivía y me trajeron aquí, a esta casa. Mi madre aceptó un puñado de gemas y oro a cambio de mí. Lloró. Al menos eso puedo decir de ella. Lloró. «Es por tu bien», dijo. «Tú, mi principito, irás al castillo de tus sueños.»

—Es seguro que hablaba sinceramente. Vuestro padre parece amaros tanto como a vuestro hermano.

—Oh, sí, y hubo momentos en que me quiso incluso más que a él. Niccolò y Vitale, qué golfos pueden ser cuando se juntan. Os digo que no hay mucha diferencia entre un judío y un gentil cuando se trata de mujeres y bebidas, al menos no siempre.

—Vos sois el chico bueno, ¿no es así? —pregunté.

—He intentado serlo. Con mi padre partí de viaje. Niccolò se quedó a estudiar. Oh, podría contaros historias de las regiones agrestes de América, de los puertos portugueses y de tribus salvajes inimaginables.

—Pero regresasteis a Padua.

—Quería educarme. Y con el tiempo eso implicaba la universidad tanto para mí como para mi hermano, pero yo jamás pude ponerme a su altura en los estudios. Vitale, Niccolò, todos me ayudaron. Siempre me protegieron.

—Así que durante esos años tuvisteis a vuestro padre sólo para vos —dije.

—Sí. —Las lágrimas habían dejado de resbalar por sus

mejillas—. Pero deberíais haber visto con qué rapidez abrazó a mi querido hermano. Hubierais pensado que a mí me había dejado en Brasil.

—Esa planta, ese árbol —señalé—. Procede de las selvas de Brasil.

Me miró fijamente y luego se volvió hacia la planta, mirándola como si no la hubiese visto nunca.

—Quizá sí —dijo—. No lo recuerdo. Trajimos muchas plantas jóvenes. A mi padre le encantan las flores en abundancia, los árboles frutales que veis. Lo llama su invernáculo. Es su jardín. Yo sólo vengo ocasionalmente para escribir mis poemas. —Y señaló los papeles.

Las lágrimas habían desaparecido por completo.

—¿Cómo habéis reconocido esa planta con sólo verla? —preguntó.

—La he visto en otros lugares —aventuré—. Incluso en Brasil.

Su rostro cambió y ahora parecía calculador.

—Comprendo que os preocupéis por vuestro hermano —dije—, pero seguramente se recuperará. Todavía le quedan muchas fuerzas.

—Sí, y luego quizá se inicien de verdad los planes que mi padre tiene para él. Excepto que hay un demonio interponiéndose entre él y esos planes.

—No os comprendo. Estoy seguro de que no creéis que vuestro hermano...

—No —negó fríamente—. Nada de eso. —Volvía a mostrar preocupación, alzó una ceja y sonrió, como si se hubiese perdido en sus pensamientos más profundos—.

El demonio interrumpe el camino de mi padre —dijo—, de una forma que no podéis imaginar. Permitidme que os cuente una historia de mi padre.

—Hacedlo, por favor.

—Amable es, y todos esos años me tuvo a su lado como a su mono amaestrado, de barco en barco, como su querida mascota.

—¿Fueron días felices?

—Oh, mucho.

—Pero los niños se convierten en hombres...

—Sí, exacto, y los hombres tienen deseos. Pueden sentir un amor tan afilado que es como una daga atravesándoles el corazón.

—¿Habéis sentido un amor así?

—Sí, por una mujer perfecta, una mujer que no tenía razón para mirarme con altivez, nacida como hija secreta de un sacerdote rico. No mencionaré el nombre del padre, ya me entendéis. Cuando la vi, no hubo más mundo, sólo el mundo en que ella existía. No quería ir a ningún lugar si no era con ella a mi lado. —Volvió a mirarme fijamente, y luego una expresión de aturdimiento se apoderó de él—. ¿Fue un sueño fantástico?

—La amabais y la deseabais, ¿verdad?

—Sí, y riqueza tengo por la generosidad y afecto siempre crecientes de mi padre, abundante en privado y en público.

—Así parece.

—Sin embargo, cuando le dije el nombre de mi amada, ¿cuál creéis que fue su respuesta? Oh, me pregunto qué no he visto. Me pregunto qué no he comprendido. Hija de un religioso, sí, pero no de cualquiera, sino de un cardenal de posición muy elevada y muy rico. Cómo pude ser tan estúpido para no comprender que mi padre la vería como la joya de la corona para su hijo mayor.

Se detuvo y me miró intensamente.

—No sé quién sois —dijo meditativo—. ¿Por qué os cuento el fracaso más amargo de mi vida?

—Porque yo te comprendo. Así pues, os dijo que la mujer era para Niccolò, no para vos.

Su rostro se envaró y adquirió un rictus casi malvado. Sus rasgos, que hacía un momento parecían cargados de pena y preocupación, se endurecieron en una máscara de frialdad que habría espantado a cualquiera que lo hubiese visto en ese estado.

Alzó las cejas y miró fríamente más allá de mí.

—Sí, mi querida Leticia estaba destinada para Niccolò. Ni siquiera sabía que ya se habían iniciado las negociaciones. ¿Por qué no lo hablé con mi padre antes de hipotecar mi alma? Oh, al menos se mostró amable conmigo. —Esbozó una amarga sonrisa—. Me abrazó. Acunó mi rostro en sus manos. Todavía era su bebé. El pequeño. «Mi pequeño Ludovico, el mundo está lleno de mujeres hermosas.» Eso me dijo.

—Lo que dejó una herida en vos —dije en voz baja.

—¿Herida? ¿Herida? Me arrancó el corazón como si fuese comida para cuervos. Eso es lo que me hizo. ¿Y qué casa creéis, de sus muchas villas y casas en Roma, que planeaba entregar a los felices novios una vez celebrado el matrimonio? —Rio, como si aquello fuese gracioso—. La misma casa que había dejado a Vitale para que la preparara, la aireara y la decorara, ¡y que ahora es el hogar del ruidoso y malvado *dybbuk* judío!

Había cambiado tanto que me resultaba difícil reconocerle como el joven que había estado llorando en el pasillo. Pero volvió a caer en el aturdimiento, a pesar de que sus facciones siguieron endurecidas. Miró hacia los árboles y las plantas del patio. Incluso alzó los ojos, como maravillándose de los caóticos rayos del sol.

—Seguro que vuestro padre era consciente de la herida que os causaba.

—Claro que sí —dijo—. Hay otra mujer de inmensa fortuna y distinción esperando para aparecer en escena en el momento oportuno. Será una buena esposa para mí, aunque no hemos cruzado ni cuatro palabras. Y mi querida Leticia se convertirá en mi devota hermana cuando mi hermano se levante de la cama.

—Es comprensible que os sintáis tan triste —dije.

—¿Por qué lo decís?

—Porque vuestra alma está desgarrada. —Me encogí de hombros—. Cómo podríais presenciar la enfermedad de vuestro hermano sin que esas ideas...

—¡Jamás desearía su muerte! —declaró. Golpeó violentamente la mesa con el puño. Pensé que la madera cedería, pero no fue así—. Nadie ha hecho más por salvarle que yo. He traído incontables médicos para que lo examinasen. Y le procuré la dieta del caviar, que es lo único que come.

De pronto le afloraron las lágrimas, y con ellas un dolor profundo, genuino y agotador.

—Quiero a mi hermano —susurró—. Le quiero más que a cualquier otro ser que haya amado, incluyendo a esa mujer. Pero os digo que hubo un día en que mi padre me llevó a esa casa, mientras Vitale y Niccolò seguían en Padua, de juerga sin duda. Entretanto, mi padre me guiaba de una habitación a otra y me enseñaba lo hermoso que quedaría todo, incluso al dormitorio, y cómo sería de bonito para ellos, ¡y cómo y cómo y cómo!

—Él entonces no sabía de vuestros sentimientos.

—No. Y yo tampoco sabía que la mujer escogida era ésa precisamente. Era su secreto, el nombre de la mujer que tan cuidadosamente había elegido para mi hermano. Y yo fui el primero en mencionar su nombre en estos poemas que escribí para ella y que fui tan estúpido, tan absolutamente estúpido, ¡como para mostrárselos a él!

—Una crueldad, una crueldad terrible.

—Sí, y las crueldades vuelven crueles a los hombres. —Se hundió en la silla, y miró al vacío como si no comprendiese el significado de su propia historia o lo que podría significar para mí.

—Perdonadme por haberos hecho revivir tanto dolor —dije.

—No, no precisáis perdón. El dolor estaba en mi interior y debía salir. Temo la muerte de mi hermano. Me aterroriza. Me aterroriza un mundo sin él. Me aterroriza mi padre sin él. Me aterroriza Leticia sin él, porque jamás, nunca, me la entregarán a mí.

No estuve seguro de cómo interpretar esas palabras, pero estaba claro que hablaba en serio.

—Debo regresar con Vitale —me disculpé—. He de tocar el láud para vuestro hermano.

—Sí, por supuesto. Pero primero decidme. Este árbol... —Se volvió y miró las delgaduchas ramas verdes y las flores púrpuras—. ¿Sabéis cómo lo llamaban en las selvas de Brasil?

Pensé un momento y luego respondí:

—No. Sólo recuerdo haberlo visto allí, y recuerdo las flores, lo hermosas y olorosas que eran. Supongo que con esas flores púrpuras se podría preparar un buen tinte.

Algo cambió en su rostro. Se mostró calculador, ligeramente frío. Podría haber jurado que se le crispó el gesto.

Seguí hablando como si no me hubiese dado cuenta de nada, pero empezaba a sentir una fuerte aversión hacia ese joven.

—Esas flores me recuerdan a la amatista —dije—. En Brasil hay unas amatistas hermosas.

Se mantuvo en silencio, entornando un poco los ojos.

Los sentimientos de desprecio y desconfianza crecían en mi interior. Pero no me habían enviado allí para juzgar u odiar, sino para evitar el envenenamiento de un hombre.

Me puse en pie.

—Debo regresar con Vitale —dije.

—Habéis sido muy amable conmigo —repuso, pero sonrió sólo con los labios, componiendo una mueca espantosa—. Lamento que seáis judío.

Me recorrió un estremecimiento, pero seguí mirándole a los ojos. Una vez más, sentí la vulnerabilidad que había experimentado al constatar que llevaba en mis ropas aquel círculo amarillo. Nos limitamos a mirarnos.

—Gracias —dije. Me incliné ligeramente como dando a entender «estoy a vuestro servicio».

Volvió a sonreír con la misma frialdad.

La sangre me palpitaba en los oídos. Me esforcé en mantener la calma.

—¿Alguna vez habéis amado a una mujer a la que no podíais tener? —preguntó.

Pensé un momento, sin estar seguro de qué decir o por qué decirlo. Pensé en Liona. No tenía sentido pensar en ella ahora, allí, con ese joven extraño.

—Rezo por la recuperación de vuestro hermano —me limité a decir, torpe e inseguro—. Rezo para que hoy mismo se inicie su recuperación. Después de todo, algo así es posible. Incluso enfermo como está, podría empezar a recuperarse de pronto.

Emitió un sonido desagradable, de desprecio. La sonrisa había desaparecido. Ahora me miraba con indisimulado odio. Y yo temía estar mirándole de la misma forma.

Él lo sabía. Sabía que yo lo desenmascararía, que sabía lo que había hecho.

—Podría pasar —insistí—. Al fin y al cabo, con Dios todo es posible.

Una vez más me examinó, en esta ocasión con expresión amenazadora.

—No lo creo posible —dijo en voz baja y acerada. Se enderezó en el asiento, como si recuperase fuerzas al hablar—. Creo que morirá. Y yo en tu lugar, me iría de aquí antes de que culpen a los judíos de su muerte. Tranquilo, no protestes. Claro que no sospecho nada de ti, pero si eres listo, abandonarás a Vitale a su suerte. Te irás ahora mismo de aquí.

En mi vida me he enfrentado a muchos momentos violentos y desagradables, pero jamás he sentido tanta amenaza proveniente de otro ser humano como la que sentí en ese momento.

¿Qué esperaba Malaquías que hiciese en ese lugar? ¿Qué debía hacer por ese hombre? En vano intenté recordar el consejo de Malaquías con respecto a las dificultades a las que me enfrentaría, sobre la misma naturaleza de la misión. No logré recordar ninguna de esas palabras ni su sentido.

La verdad es que quería matar a aquel joven. Horrorizado por mis sentimientos, intenté ocultarlos. Pero quería matarle. Quería coger un puñado de esas semillas negras y letales, y obligarle a tragarlas. Debía arder por la vergüenza de que, lejos de ser la respuesta a una plegaria, yo pensaba como el mismo *dybbuk*. Respiré profunda y lentamente, y hablé con toda la tranquilidad que me fue posible.

—No es demasiado tarde para vuestro hermano. Quizás empiece a sanar hoy mismo.

En sus ojos destelló algo innombrable, y luego de nuevo la quietud rígida, la profunda y cruda hostilidad.

—Seréis un tonto si os quedáis un minuto más —susurró.

Bajé la vista y pronuncié una pequeña oración sin palabras, y cuando volví a hablar, lo hice con la mayor calma y decoro:

—Rezo por la recuperación de vuestro hermano.

Y me fui.

7

Saqué a Vitale del dormitorio y lo llevé al pasillo.

—Vuestro amigo está siendo envenenado con un veneno mortal. Dadle el caviar a un chucho de la calle y le veréis morir ante vuestros ojos.

—Pero ¿quién haría algo así?

—Lamento decíroslo: su propio hermano. Pero no podéis enfrentaros a él. Nadie os creería. Esto es lo que debéis hacer: insistid en que al paciente sólo se le dé leche y en abundancia. Decid que sólo la comida blanca restaurará su espíritu. Sólo comida blanca en la que no se haya mezclado nada negro.

—¿Creéis que surtirá efecto?

—Sin duda. El veneno proviene de un árbol del invernáculo. Es negro. Tiñe de negro todo lo que toca. Son las semillas negras de una flor púrpura.

—¡Conozco ese veneno! —exclamó—. Viene de Brasil. Lo llaman Muerte Púrpura. Sólo he leído sobre él en los libros en hebreo. No creo que los doctores latinos lo conozcan. Nunca lo he visto.

—Bien, yo lo he visto y os digo que en ese árbol crecen grandes cantidades. Es tan venenoso que no puede recogerse sin llevar guantes. Y las semillas deben echarse en una bolsa de piel.

Rápidamente sacó una bolsita de un bolsillo de su túnica, retiró el oro, se lo guardó en el monedero y me entregó la bolsa.

—Tomad, ya lo podéis recoger con seguridad. ¿El culpable lo sabrá cuando lo hagáis?

—No si le mantenéis ocupado. Llamad al *signore* Antonio y a Ludovico. Insistid en que tenéis que comunicarles algo importante a los dos. Decid que creéis que el caviar no ha ayudado al paciente. Decid que debe tomar leche, que la leche protegerá el estómago y absorberá el elemento maligno que atormenta a Niccolò. Decid que lo mejor es la leche de mujer. Pero que valdrá con leche de vaca y de cabra, y queso, queso puro blanco de la mejor calidad. Cuanto más le hagáis comer, mejor. Y mientras tanto yo me ocuparé de hacer desaparecer el veneno.

—Pero me preguntarán cómo he sabido todo eso.

—Decid que habéis rezado, que habéis reflexionado, que habéis pensado en lo sucedido desde que se le alimenta con caviar.

—Así ha sido. No sería mentira.

—Insistid en que se pruebe con leche. Ese padre amantísimo no verá perjuicio alguno en la leche. Nadie lo hará.

Mientras tanto, yo volveré al invernáculo y recogeré todo el veneno que pueda. Sin embargo, no sabemos cuánto ha recogido ya el envenenador para sus siniestros propósitos. Supongo que no mucho. Es excesivamente letal. Se limita a recoger lo imprescindible a medida que lo va necesitando.

El rostro de Vitale se ensombreció. Sacudió la cabeza.

—Me decís que Ludovico es el responsable de todo esto. Oh, Señor, es increíble.

—Así lo creo. Pero ahora lo importante es que logréis que el paciente tome leche.

Me apresuré de regreso al patio. Las puertas estaban cerradas. Intenté forzarlas con delicadeza, pero resultó imposible. Necesitaría forzar la cerradura y eso era algo que no podía hacer.

Se me acercó uno de los tantos sirvientes, un ser marchito cuyas prendas parecían más un envoltorio que ropa. Me preguntó en voz baja si podía ayudarme.

—¿Dónde está el *signore* Ludovico? —pregunté, para dar a entender que simplemente le buscaba.

—Está con su padre y los sacerdotes.

—¿Los sacerdotes?

—Dejad que os lo advierta —susurró entonces aquel hombre flaco y desdentado—. Salid de esta casa mientras podáis.

Le dediqué una mirada inquisitiva, pero se limitó a menear la cabeza y alejarse murmurando, dejándome frente a la puerta cerrada. En lo más profundo del patio podía ver las llamativas y letales flores púrpuras. Ahora sabía que no quedaba tiempo para mi plan. Y posiblemente no hubiese sido el mejor plan.

Al regresar al dormitorio de Niccolò, vi que el *signore* Antonio se acercaba con dos sacerdotes ancianos ataviados con largas sotanas negras y relucientes crucifijos al pecho, y a Ludovico sosteniendo el brazo de su padre. Volvía a llorar, pero al verme me dedicó una mirada tan afilada como un cuchillo.

No hubo ninguna cordialidad fingida. De hecho, su expresión era de ladino triunfo. Los otros me miraron con suspicacia, y el *signore* Antonio parecía muy preocupado.

En la habitación, oí a Vitale ordenar a alguien que se llevase el caviar. El otro se lo discutía, y también Niccolò, pero no discerní lo que decían.

—Joven —me dijo el *signore* Antonio—, entrad conmigo.

Otros dos hombres venían tras él. Eran guardias armados; llevaban dagas al cinto, y uno, una espada.

Fui el primero en entrar en la habitación. Era Pico el que había discutido con Vitale, y el caviar seguía en su sitio.

Niccolò estaba tendido con los ojos medio cerrados y los labios secos y cuarteados. Suspiró con incomodidad.

Rogué que no fuese demasiado tarde.

Los guardias se situaron tras la silla donde yo había tocado el laúd; los demás, alrededor de la cama.

El *signore* Antonio me miró y luego a Vitale. En cuanto a Ludovico, había vuelto a las lágrimas, tan convincentemente como antes.

—Despierta, hijo mío —le apremió el *signore* Antonio—. Despierta y oye la verdad de los labios de tu hermano. Me temo que ya no es posible evitarla y sólo revelándola se puede eludir el desastre.

—¿Qué es, padre? —preguntó el enfermo. Se mostraba más débil que nunca, aunque no parecía haber comido caviar todavía.

—Habla —pidió el *signore* Antonio a Ludovico.

El joven vaciló, se limpió las lágrimas con un pañuelo de seda y luego dijo:

—No me queda más opción que revelar que Vitale, nuestro amigo de confianza, nuestro confidente, nuestro compañero, ¡ha embrujado a mi hermano!

Niccolò se sentó como impulsado por un muelle, asombrando a todos.

—¿Cómo te atreves a decir algo así? Sabes que mi amigo es incapaz de algo así. ¿Embrujarme, cómo y con qué propósito?

Ludovico soltó una nueva ración de lágrimas y apeló a su padre con los brazos abiertos.

—Sin saberlo yo, hijo mío —dijo Antonio—, este hom-bre ansiaba conservar la casa donde vive, la casa donde le permití vivir mientras tú estuvieses enfermo, la casa que he decidido cederte a ti y a tu prometida. Allí ha conjurado a un espíritu maligno para cumplir su voluntad, y por medio de ese espíritu maligno te ha hecho enfermar gravemente, con la esperanza de que mueras para que la casa sea suya. Para ello ha rezado a su Dios. Ha rezado y Ludovico le ha oído.

—Mentira. No he rezado pidiendo tal cosa —terció Vitale—. Vivo en esa casa por vuestra voluntad. Me pedisteis que ordenara la vieja biblioteca, y que encontrara los manuscritos hebreos que dejó años atrás el hombre que allí vivía. Pero jamás he rezado pidiendo que un espíritu maligno me ayude de ninguna forma, y jamás haría ningún mal a mi mejor amigo. —Miró incrédulo al *signore* Antonio—. ¿Cómo podéis acusarme de algo así? ¿Creéis que por obtener un *palazzo* sacrificaría la vida de mi mejor amigo en este mundo? *Signore*, me hacéis daño como si me atravesaseis con un cuchillo.

El *signore* Antonio prestó atención, como si aún titubease sobre qué decisión tomar.

—¿No tenéis una sinagoga en esa casa? —preguntó el más alto de los dos sacerdotes, evidentemente el mayor. Era un hombre de pelo gris oscuro y rasgos afilados, pero su rostro no era cruel—. ¿No tenéis los rollos de vuestra Torá guardados en un arca en esa sinagoga?

—Eso está allí, sí —dijo Vitale—. En el mismo sitio donde estaban al ocupar yo la casa. Es de público conocimiento que allí vivió un judío, quien dejó tales objetos, y durante veinte años han estado acumulando polvo.

Ante esto, el *signore* Antonio pareció más vacilante aún. Pero no habló.

—¿Nunca habéis usado esos objetos en vuestras plegarias malvadas? —preguntó el segundo sacerdote, un hombre tímido, pero que ahora se estremecía por una excitación que apenas podía ocultar.

—Debo confesar que nunca los he empleado con tal

fin en mis oraciones. Debo confesar que soy más humanista, poeta y médico que judío devoto. Perdonadme, pero no los he usado. Para mis oraciones del Sabbat acudo a la sinagoga de mis amigos, y conocéis a esos hombres, los conocéis bien y los respetáis.

—Ya —dijo el sacerdote alto—. Así que admitís no haber realizado ninguna oración santa o pía con esos libros extraños, ¿y aun así debemos entender que no son libros extraños y extranjeros de secretos y encantamientos, que utilizáis con tal fin?

—¿Negáis algo de eso? —preguntó el sacerdote más joven.

—¿Por qué me acusáis de algo así? —se defendió Vitale—. *Signore* Antonio, os quiero. Quiero a Niccolò. Quiero a su prometida como si fuese mi hermana. Desde Padua habéis sido como mi familia.

El *signore* Antonio estaba conmocionado, pero permaneció firme, como si las acusaciones exigiesen toda su fuerza.

—Vitale, dime la verdad —dijo—. ¿Has embrujado a mi hijo? ¿Has pronunciado sobre su cuerpo algún extraño encantamiento? ¿Has jurado al Maligno que le ofrecerías su muerte cristiana a cambio de algún oscuro enriquecimiento personal?

—Nunca he pronunciado ni una sílaba de oración al Maligno.

—Entonces, ¿por qué está enfermo mi hijo? ¿Por qué empeora cada día? ¿Por qué sufre así mientras un demonio recorre tu casa en este mismo momento, como si esperase comprobar si surten efecto tus oscuros encantamientos?

—Ludovico, ¿esto es cosa tuya? —preguntó Vitale—. ¿Inculcaste estas falsas ideas a los presentes?

—Permitidme hablar —intervine—. Para todos soy un extraño, pero no un extraño con respecto a la causa de la enfermedad de vuestro hijo.

—¿Y quién sois para que tengamos que escucharos? —replicó el sacerdote de más edad.

—Un viajero del mundo, un estudioso de los fenómenos naturales, de las plantas y las flores poco conocidas, e incluso de los venenos y sus antídotos.

—¡Basta! —estalló Ludovico—. No os atreváis a inmiscuiros en un asunto familiar. Padre, ordena a este músico que salga de la habitación. No es más que un secuaz de Vitale.

—No es así, *signore* —dijo Vitale—. Este hombre me ha enseñado muchas cosas. —Se volvió hacia mí y pude ver el miedo en su rostro, la sospecha de que lo que yo le había dicho no fuese cierto, y que ahora todo dependiese de que lo fuese.

—*Signore* —le dije al anciano—, ¿veis ese caviar?

—¡Es del palacio del Papa! —declaró Ludovico. Y vertió un torrente de palabras para silenciarme.

Pero insistí.

—¿Lo veis? Es negro, salado al gusto. Sabéis bien que lo es. Bien, os garantizo, señor, que si coméis cuatro o cinco cucharadas, pronto estaríais tan pálido y sudoroso como vuestro hijo, y tan enfermo como lo está él. De hecho, un hombre de vuestra edad bien podría morir por esa cantidad.

Los sacerdotes miraron el pequeño plato de caviar y se alejaron instintivamente de él.

—*Signore* —seguí—, en vuestro invernáculo, junto al patio principal, hay una planta que los brasileños conocen como Muerte Púrpura. Os digo que una de sus semillas negras es suficiente para hacer enfermar a un hombre. Una dieta regular de las mismas, pulverizadas y colocadas en una comida fuerte como el caviar, le mataría con toda seguridad.

—¡No os creo! —susurró el anciano, atónito—. ¿Quién haría algo así?

—¡Mentís! —gritó Ludovico—. Contáis mentiras para proteger a los de vuestro grupo, pero todos sabemos qué pecados habéis cometido juntos.

—En ese caso, comed el caviar —dije—. No os limitéis a tomar una cucharadita, como intentasteis dar a vuestro hermano, sino coméoslo todo, y comprobaremos la verdad. Y si eso no es suficiente, iremos todos abajo y os mostraré la planta y os enseñaré su maligno poder. Traed un perro callejero, le daremos las semillas de esa planta y comprobaremos cómo se estremece, se agita y muere en pocos minutos.

Ludovico sacó una daga de una de sus mangas.

Los sacerdotes le gritaron que se detuviese, que se controlase, que no se comportase como un tonto.

—¿Precisáis de una daga para comerlo? —dije—. Usad la cucharilla de plata. Os resultará más fácil.

—¡Cuántas mentiras cuenta este hombre! —gritó Ludovico—. Pero ¿quién bajo este techo, quién haría algo así a mi hermano? ¡Quién se atrevería! Además, este caviar viene de la cocina del Santo Padre. ¡Todo esto es una infamia, os digo!

Se hizo el silencio como si alguien hubiese hecho sonar una campana.

El *signore* Antonio miraba a su hijo natural, quien todavía me apuntaba con la daga. Yo estaba con el laúd a la espalda, simplemente mirándole. Y en cuanto a Vitale, estaba pálido como la cera, agitado y al borde del llanto.

—¿Por qué tramaste algo así? —preguntó el *signore* Antonio en voz baja, claramente preguntándole a Ludovico.

—No he tramado nada. Y tal planta no existe.

—Claro que existe —dijo su padre—. Y tú la trajiste a esta casa. Lo recuerdo muy bien. Recuerdo sus inconfundibles flores púrpuras.

—Un regalo que nos hicieron nuestros amigos en Brasil —dijo Ludovico. Sonaba dolido—. Una hermosa flor para un jardín de flores hermosas. No intenté ocultarte esa planta. No sé nada de sus poderes. ¿Quién sabe de sus poderes? —Me miró—. ¡Vos! ¡Y vuestro cómplice judío, Vitale! ¡Juntos adoráis al Maligno! ¿Os dijo el Maligno el daño que podía hacer esa planta? Si ese caviar está contaminado, es por el veneno que habéis puesto en él. —Sus lágrimas copiosas volvían a aflorar—. Qué vil por vuestra parte hacerle esto a mi hermano.

El *signore* Antonio sacudió la cabeza. Miraba fijamente a Ludovico.

—No —susurró—. Ninguno de ellos podría haber hecho tal cosa. Tú trajiste la planta. Tú trajiste el caviar.

—Padre, estos hombres son brujos. Son malvados.

—¿Lo son? —preguntó el *signore* Antonio—. ¿Y qué amigo nuestro de Brasil nos envió esa extraña planta? Más bien, creo que la compraste tú en esta misma ciudad, la trajiste a casa y la colocaste muy cerca de la mesa donde escribes y traduces.

—No; fue un regalo, os lo aseguro. No recuerdo ahora cuándo llegó.

—Pero yo sí. Y fue sólo hace poco y al mismo tiempo que tú, hijo mío, Ludovico, concebiste la idea de que el caviar fortalecería a tu hermano debilitado.

El enfermo contemplaba horrorizado aquella escena impensable. Miraba a la izquierda, a su padre, y a la derecha, a su hermano. Atendía a los sacerdotes cuando hablaban. Y a mí, con ojos horrorizados.

Y ahora se inclinó y tomó con mano temblorosa el cuenco de caviar.

—¡No, no lo toquéis! —advertí—. No lo acerquéis a los ojos. Os quemará. ¿No lo recordáis?

—Yo lo recuerdo —dijo el padre.

Uno de los sacerdotes intentó coger el plato, pero el paciente lo había colocado en su colcha de encajes y lo miraba fijamente, como si tuviese vida propia, como si mirase la llama de una vela.

Levantó la cucharilla.

El padre se la quitó y arrojó el caviar a un lado, haciéndolo caer sobre la colcha y manchándola de negro.

Ludovico, sin poder controlarse, se apartó de la cama donde había caído el caviar. Se echó atrás instintivamente. Y sólo entonces comprendió lo que había hecho. Miró a su padre.

Todavía tenía la daga en la mano.

—¿Me crees culpable de esto? —le preguntó a su padre—. Ahí no hay veneno. Sólo hay una mancha que la lavandera intentará limpiar en vano. Pero no hay veneno.

—Venid conmigo al invernáculo —dije—. Os mostraré el árbol. Encontrad algún animal desdichado. Os mostraré los efectos de ese veneno. Os mostraré lo negra que es su semilla y lo perfecto que es el caviar para ocultarla.

De pronto Ludovico se abalanzó hacia mí con la daga. Sabía bien cómo defenderme, así que le golpeé la muñeca con el canto de la mano, obligándole a soltar la hoja, pero entonces se abalanzó hacia mi garganta intentando estrangularme. Instantáneamente alcé los brazos cruzados y golpeé, repeliéndolo con ese rápido gesto.

Cayó al suelo, derribado por esos movimientos simples. Ninguno de ellos hubiese sido especial en nuestra época, cuando se enseña artes marciales a los niños. Me avergoncé de lo mucho que disfruté del enfrentamiento.

Uno de los guardias recogió la daga.

Ludovico se puso en pie, estremeciéndose, y luego, desesperado, pasó la mano por la mancha de la colcha, recogiendo unos granos de caviar que se llevó a la lengua.

—Ved lo que hago. Os digo que me difaman. Me difaman malvados judíos que traman destruirme porque conozco sus trucos y lo que le han hecho a Niccolò.

Se lamió los labios. Había tomado muy pocos y podría resistir fácilmente sus efectos.

Una vez más se hizo un silencio total. Sólo el súbito estremecimiento de Niccolò lo rompió.

—Hermano —susurró—. La causa de todo esto es Leticia, ¿verdad?

—¡Tonterías! —exclamó Ludovico con esfuerzo—. ¿Cómo te atreves?

—Oh, si lo hubiese sabido —dijo Niccolò—. Ella sólo es una de las muchas encantadoras y jóvenes doncellas que podría desposar. De haberlo sabido...

El *signore* Antonio miró con furia a Ludovico.

—¿Leticia? —murmuró.

—Os digo que los judíos le han hechizado. Os digo que son ellos los que han envenenado el caviar, os digo que soy inocente. —Lloraba y murmuraba—. Fue Vitale quien trajo esa flor a esta casa. Ahora lo recuerdo. ¿Cómo si no iban a conocer él y sus amigos sus efectos? Os digo que éste, Toby, se ha condenado con sus propias palabras.

El anciano meneó la cabeza ante tanto patetismo.

—Vamos —dijo. Y les hizo un gesto a los guardias para que sujetasen a Ludovico. Me miró—. Llevadme al invernáculo y mostradme ese veneno.

8

El rostro del joven estaba desencajado. La misma plasticidad que antes le había dotado de una pena fácil, le concedía ahora una máscara de furia. Apartó a los guardias y caminó con la cabeza alta mientras descendíamos los escalones y nos reuníamos todos, excepto Niccolò, en el invernáculo.

Allí estaba la planta. Señalé las muchas semillas negras caídas en el suelo. Señalé las flores medio marchitas que ya contenían veneno.

Se envió a un sirviente para que encontrara algún perro callejero y lo trajese a la casa, y pronto los gañidos de un pobre chucho resonaron en la ancha escalera.

Vitale miraba horrorizado las flores púrpuras. El *signore* Antonio se limitaba a mirarlas con ceño, y los sacerdotes nos miraban, a Vitale y a mí, con frialdad, como si de alguna forma fuésemos todavía responsables de aquella historia.

Una anciana, perpleja y asustada, cogió un viejo cuenco para el sediento perro y fue a llenarlo de agua.

Me puse los guantes que me había quitado para tocar el laúd, y con la daga de Ludovico reuní las semillas en un montón y busqué algo para aplastarlas. Sólo disponía del mango de la daga, así que lo empleé para pulverizar las semillas y echarlas en el agua del perro.

El animal se lo bebió todo y lamió el cuenco vacío. Al poco se puso a temblar. Cayó de lado y luego se retorció en agonía. En un momento se quedó rígido e inerte, mirando a nada y a nadie.

Todos observamos el espectáculo con revulsión y horror.

Pero Ludovico estaba indignado, mirando alternadamente a los sacerdotes, a su padre y al perro.

—¡Juro ser inocente! —declaró—. Los judíos conocen el veneno. Los judíos lo trajeron. Fue este mismo judío, Vitale, el que trajo la planta a casa...

—Te contradices —dijo su padre—. Mientes. Vacilas. ¡Defiendes tu credibilidad como un cobarde!

—¡Digo que no he tomado parte en esto! —gritó Ludovico, desesperado—. Estos judíos me han hechizado como hechizaron a mi hermano. Si yo hice algo de esto, fue en un sueño en el que no comprendía nada. Fue en un sueño en el que vagaba, ejecutando los actos que me obligaban a realizar. ¿Qué sabemos de estos judíos? Habláis de sus libros sagrados, pero ¿qué sabéis de esos libros? ¡Podrían contener toda la hechicería que me obligó a hacerlo! ¿Ahora mismo no hay un demonio en la casa del acusado?

—*Signore* Antonio —dijo el sacerdote de mayor edad,

el de rostro afilado pero amable—. Algo debe decirse de ese demonio. La gente en la calle lo oye aullar. ¿Supera esto las posibilidades de un demonio? ¡Creo que no!

Ludovico siguió protestando: que sí, que fue el demonio, que sí, que le había hechizado con una magia siniestra, que nadie podía imaginar la maldad de ese demonio, y así sucesivamente.

Pero su padre no creía nada. Miraba a su hijo natural con una expresión de profunda tristeza. Sin embargo, no hubo lágrimas.

—¿Cómo pudiste hacerlo? —murmuró.

De pronto Ludovico se liberó de los dos hombres que estaban a su lado y corrió hasta el árbol de flores púrpura. Recogió las semillas negras de la tierra de la maceta. Cogió todas las que pudo.

—¡Detenedle! —grité.

Y corrí hacia él y conseguí darle un empellón, pero su mano ya había llegado a sus labios, y se obligó a tragar la tierra y las semillas. Cuando le aparté la mano ya era demasiado tarde.

Los guardias llegaron hasta él, junto con su padre.

—¡Haced que vomite! —gritó Vitale desesperado—. Dejadme, apartaos.

Pero yo sabía que era inútil.

Me aparté, angustiado. ¡Había sucedido en ese lugar! Era demasiado horrible. Era exactamente lo que yo había querido hacerle, lo que había imaginado: recoger las semillas y obligarlo a comerlas, pero él mismo se lo había hecho, como si mis malvadas intenciones le hubiesen guiado inexorablemente. ¿Cómo había permitido un desenlace así? ¿Cómo no había encontrado una forma de apartarle de ese camino?

Ludovico miró a su padre. Se ahogaba y se estremecía. Los guardias se apartaron y sólo el *signore* Antonio le sostuvo, hasta que comenzó a convulsionarse y se deslizó al suelo.

—Dios misericordioso —susurró el padre. Y yo también.

«Dios misericordioso, ten piedad de su alma inmortal. Señor de los Cielos, perdónale su locura.»

—¡Hechicería! —dijo el moribundo, con la boca manchada de saliva y tierra, y fue su última palabra.

De rodillas, se inclinó hacia delante, con el rostro desencajado, presa de las convulsiones.

Luego cayó de lado, con las piernas todavía agitándose, y su rostro adoptó la mueca inerte del pobre animal que había muerto antes.

Y yo, que en una vida cientos de años en el futuro, y en una tierra muy lejana, había empleado ese mismo veneno para dar cuenta de muchas de mis víctimas, sólo pude quedarme inmóvil e impotente. Oh, qué fracaso que yo, enviado para responder a una plegaria, hubiese provocado un suicidio.

Se hizo el silencio.

—Era mi amigo —susurró Vitale.

Cuando el anciano fue a ponerse de pie, Vitale lo ayudó a levantarse.

Niccolò se asomó a la puerta. Sin emitir sonido, se

quedó allí de pie, con su largo camisón blanco, descalzo, temblando, pero mirando a su hermano muerto.

—Salid, todos —ordenó el *signore* Antonio—. Dejadme con mi hijo. Dejadme.

Pero el sacerdote de más edad se mostró renuente. Estaba tan conmocionado como todos, pero reunió fuerzas y dijo en voz baja:

—No penséis ni por un momento que esto no es cosa de brujería. Vuestros hijos se han visto contaminados por el trato con estos judíos.

—Fray Piero, cállese —ordenó el anciano—. ¡Esto no ha sido cosa de brujería, sino de celos y envidia! Y yo no vi lo que no quise ver. Ahora dejadme a solas para llorar a mi hijo, al que arranqué de los brazos de su madre. Vitale, lleva a la cama a tu paciente. Ahora se recuperará.

—Pero ¿el demonio no sigue vagando por esa casa? —insistió el sacerdote. Nadie le hacía caso.

Miré al muerto. No podía hablar ni pensar. Todos debíamos salir, excepto el anciano, sin embargo, no podía apartar la vista del cadáver. Pensé en ángeles, pero sin palabras. Apelé a una región invisible, entremezclada con la nuestra, seres de sabiduría y compasión que ahora podrían estar rodeando el alma del malogrado, pero a la mente no me vino ninguna imagen reconfortante. Había fracasado. Le había fallado a ese joven desdichado, aunque había salvado a otro. ¿En eso consistía mi misión? ¿Salvar a un hermano y empujar al otro a su destrucción? Era inconcebible. Y era yo quien lo había empujado al precipicio, eso seguro.

Alcé la vista y vi al viejo criado en la puerta, haciéndome gestos para que me diese prisa. Los demás ya habían salido.

Me incliné ante el *signore* Antonio y abandoné el patio, aturdido.

Es posible que fray Piero estuviese allí, pero la verdad es que no presté atención.

Vi la puerta abierta que daba a la calle, con las difusas siluetas de un par de sirvientes que vigilaban, y me dirigí hacia ella para salir fuera.

Nadie me preguntó nada. Nadie pareció notar mi presencia.

Caminé sin pensar hacia la *piazza* atestada y durante un momento miré fijamente al cielo gris, que se oscurecía. Qué perfectamente sólido y real era este mundo al que me habían traído, con sus atestadas casas de piedra, construidas unas contra las otras, y sus torres aleatorias. Cuán reales los muros de los *palazzos*, sombríos y marrones, y cuán reales los ruidos de aquella multitud variopinta, con sus conversaciones despreocupadas y sus accesos de risa.

¿Adónde iba? ¿Qué pretendía hacer? Quería rezar, entrar en una iglesia, hincarme de rodillas y rezar, pero ¿cómo podría hacerlo con la marca amarilla en mi ropa? ¿Cómo podría persignarme sin que alguien pensase que me burlaba de mi propia fe?

Me sentía perdido y sólo sabía que me alejaba de la casa a la que me habían enviado. Y cuando pensé en el alma del muerto, que ahora se dirigía a la gran región desconocida, sentí desesperación.

9

Me detuve. Me hallaba en una estrecha calle llena de barro, mareado por el hedor que emanaba de los desagües. Pensé nuevamente en acudir a una iglesia, un lugar donde pudiese arrodillarme y rezar a Dios pidiéndole ayuda en esta situación, pero una vez más me detuvo el círculo amarillo que llevaba en la pechera.

Me cruzaba con gente variopinta. Algunos amablemente me dejaban sitio, otros me apartaban bruscamente de su camino, mientras muchos otros se arremolinaban en las cocinas abiertas y las panaderías. El olor a carne asada y pan horneado se mezclaba con el hedor.

De pronto me sentí demasiado débil de espíritu como para seguir, y dando con un estrecho trozo de pared entre el puesto de un mercader de tejidos y el de un librero, cogí el laúd y, sosteniéndolo como un bebé, descansé e intenté ver en lo alto la estrecha franja de cielo.

La luz iba agonizando con rapidez. Empezaba a hacer

frío. En las tiendas habían encendido las lámparas. Un porteador con una antorcha recorrió la calle acompañando a dos jóvenes muy bien vestidos que le seguían.

No tenía ni idea de en qué mes estábamos, si de alguna forma se correspondía con el final de primavera que había dejado atrás. Pero la Posada de la Misión y mi adorada Liona parecían remotas, como si de un sueño se tratase. También me resultaba irreal haber sido Lucky el Zorro, asesino a sueldo.

Una vez más, recé por el alma de Ludovico, pero súbitamente las palabras parecieron carecer de sentido ante la magnitud de mi fracaso, y a continuación oí una voz muy cercana.

—No tienes que llevar ese símbolo.

Antes de alzar la vista, noté cómo me lo arrancaban. Era un joven alto, muy bien vestido con llamativo terciopelo borgoña, calzones oscuros y botas negras. Llevaba una espada en una vaina enjoyada, y sobre los hombros, una capa corta de terciopelo gris tan delicado como el de su túnica.

Llevaba el pelo largo, muy similar al mío, pero de un tenue castaño, brillante y rizado allí donde le tocaba los hombros. Su rostro era asombrosamente simétrico, y su boca, grande y hermosa. Tenía grandes ojos castaño oscuro.

En los dedos enguantados de la mano derecha sostenía el círculo amarillo que me había arrancado. Lo arrugó y se lo guardó en el cinto.

—No lo necesitas —dijo con afable confianza—. Eres sirviente de Vitale, y él y los miembros de su casa, así como su familia, están exentos de llevarlo. Debería haberte dicho que te lo quitases.

—Pero ¿por qué? ¿Qué importa?

Levantó una capa corta de terciopelo rojo que llevaba sobre el brazo izquierdo y me la echó sobre los hombros. Luego me entregó una espada con su cinto. La miré fijamente. Tenía una empuñadura enjoyada.

—¿Qué significa todo esto? —pregunté—. ¿Quién eres?

—Es hora de descansar un poco, y de pensar —dijo con la misma voz confiada—. Te apartaré de aquí durante un rato, para darte tiempo a reflexionar.

Me levantó tirando de mi brazo. Volví a ponerme el laúd a la espalda y le permití que me sacase de allí.

Ya era casi de noche. Las antorchas pasaban a nuestro lado, emitiendo chisporroteos, y algunas tiendas ya irradiaban luz a la estrecha calle. El resplandor de sus luces me hacía entornar los ojos.

—¿Quién te envía? —pregunté.

—¿Quién crees? —respondió. Había pasado el brazo por mi espalda, bajo el laúd, y me empujaba con delicadeza. Su cuerpo parecía inmaculadamente limpio y olía vagamente a fragantes perfumes.

La gente de esa época no es que estuviese sucia, claro, pero incluso los más aseados ofrecían una apariencia ligeramente polvorienta y algunos incluso apestaban.

Este hombre era muy distinto.

—¿Qué pasará con Vitale? —pregunté—. ¿Es correcto abandonarle en este momento?

—Esta noche no sucederá nada —me aseguró, mirándome a los ojos mientras se inclinaba ligeramente hacia mí—. Enterrarán a Ludovico, y no será en tierra consagrada, evidentemente, pero el padre acompañará al cuerpo. Los miembros de la casa llorarán, esté o no esté permitido llorar a un suicida.

—Pero ese sacerdote, fray Piero, sus acusaciones... Y no sé si el *dybbuk* sigue suelto.

—Ponte en mis manos —dijo con la amabilidad de un médico— y deja que sane el dolor que sientes. Permíteme recordarte que no te encuentras en estado de ayudar a nadie. Debes renovarte.

Atravesamos otra *piazza* enorme. Las antorchas relucían en las entradas de las casas de cuatro pisos, y contra el cielo azul oscuro refulgían luces en una miríada de torres. Se veía un puñado de estrellas.

Los hombres iban exquisitamente vestidos, mostrando dedos con anillos o guantes de llamativos colores, y muchos se apresuraban en grupos, como si se dirigiesen a un destino importante.

Mujeres con finas sedas y encajes caminaban con elegancia, sus sirvientes vestidos bastamente se apresuraban para ponerse a su altura. Pasaban sillas de mano ricamente decoradas, los portadores cargando con su peso, los pasajeros, ocultos tras cortinas de llamativos colores. En la distancia se oía música, pero la cacofonía de voces la apagaba.

Quería detenerme para admirar aquel espectáculo cambiante, pero me sentía incómodo.

—¿Por qué no ha venido Malaquías? —pregunté—. ¿Por qué te ha enviado a ti?

El hombre sonrió y mirándome afectuosamente, como si yo fuese un niño a su cuidado, dijo:

—No te preocupes por Malaquías. Me perdonarás cierto tono de burla al referirme a él, ¿verdad? Los menos poderosos siempre se burlan un poco de los poderosos. —Sus ojos reflejaban buen humor—. Vamos, éste es el *palazzo* del cardenal. El banquete se celebra desde esta tarde.

—¿Qué cardenal? ¿Quién es?

—¿Importa? Estamos en Roma durante la época de su esplendor, ¿y hasta ahora qué has visto? Nada excepto los terribles sucesos de una casa tocada por la tragedia.

—Espera un momento, yo...

—Vamos, es hora de aprender —dijo, de nuevo como si hablase con un niño pequeño. Lo que me resultaba atrayente e irritante—. Sabes lo que has estado ansiando ver —añadió—, y aquí hay cosas que deberías ver porque son parte gloriosa de este mundo.

Su voz poseía una rica variedad de registros y resonancias. Y ni siquiera la sonrisa de Malaquías resultaba tan agradable. O eso parecía a aquella luz brillante.

Nos unimos a una riada de gente lujosamente vestida, y atravesamos un enorme arco dorado para llegar a una especie de patio enorme o salón. Había cientos de personas por allí.

En los lindes del recinto había altos y esbeltos árboles, delante de los cuales se extendía una larga hilera de mesas con gruesos manteles.

Algunos invitados ya estaban sentados, incluyendo a un grupo con túnicas exquisitas; otros se dirigían hacia el gran espacio abierto que había más allá de las mesas, donde numerosos sirvientes iban y venían con bandejas cargadas de frascos de vino, copas y platos de lo que parecía fruta dorada.

Muy en lo alto de nuestras cabezas había arcos de madera pintados y adornados con flores, que sostenían una gran cubierta de reluciente tejido plateado.

A los lados ardían innumerables antorchas. Y cada tanto iban colocando en las mesas pesados candelabros de oro y plata, junto con platos dorados. La gente iba ocupando su lugar sobre bancos con cojines.

Fuimos al extremo derecho, donde varios hombres ya se habían sentado, y ocupamos nuestros sitios. Me resultaba incómodo manipular la espada. El laúd lo coloqué a mis pies.

El lugar estaba abarrotado. Debía de haber más de mil personas. Las mujeres eran un regalo para los ojos, con los hombros blancos al descubierto y los pechos apenas cubiertos, ataviadas con vestidos de colores intensos y mangas cortas, y cintas de perlas y gemas en sus elaborados peinados. Los hombres jóvenes parecían igualmente interesantes, con su reluciente pelo largo y coloridos calzones. Sus mangas cortas estaban tan adornadas como las de las mujeres, y también lucían una amplia variedad de colores. Los hombres se pavoneaban, más atrevidamente que las mujeres, pero una buena voluntad contagiosa parecía unirlos a todos.

De pronto apareció una tropa de muchachos ataviados con túnicas ligeras atadas a la cintura, que evidentemente pretendían evocar los gustos griegos y romanos. Llevaban brazos y piernas desnudos, y calzaban sandalias doradas; en el pelo lucían coronas de hojas y flores.

Les habían enrojecido las mejillas y quizás aplicado algo de maquillaje para oscurecer los ojos. Reían, sonreían y murmuraban con desenvoltura, llenando las copas y ofreciendo dulces, como si llevasen realizando esas tareas desde siempre.

Uno de esos ágiles Ganímedes llenó nuestras copas de plata con un enorme odre que manipuló con la destreza de haberlo hecho mil veces.

A nuestra derecha, un grupo de músicos se había puesto a tocar, y fue como si las voces que me rodeaban se volviesen más intensas, excitadas por la música. La música en sí era encantadora, como una compleja melodía que se elevaba, una melodía que me resultaba familiar pero que realmente no lo era, tocada con violas, laúdes y cuernos. Había otros instrumentos, pero no conocía sus nombres. Otro grupo de músicos, a mi izquierda, se unió al primero tocando lo mismo. Bajo la melodía se apreciaba un tamborileo rítmico y pausado, y otras melodías se fueron entremezclando, hasta que me perdí por completo en la estructura de la música. En mis oídos resonaba el ritmo de los tambores.

Quedé embelesado, pero también inquieto. Mis ojos se humedecían, tanto por los perfumes como por la cera de las velas.

—¿Malaquías quiere que esté aquí? —insistí. Alargué la mano y toqué la muñeca del joven—. ¿Él quiere que asista a este banquete?

—¿Crees que lo consentiría si no lo quisiese? —me respondió con cara de inocencia—. Toma, bebe. Llevas aquí casi todo un día y todavía no has probado el delicioso vino italiano. —Y me dedicó su sonrisa dulce y afectuosa al ponerme la copa en la mano.

Estuve a punto de protestar, diciendo que jamás bebía, que ni siquiera podía soportar el olor, cuando comprendí que no era del todo cierto, sólo una cuestión práctica, y el delicioso aroma del vino me llegaba acompañado de su asombroso poder seductor. Probé un sorbo. Era justo como me gustaba, seco con un ligero sabor ahumado, uno de los mejores vinos que hubiese probado. Di otro trago y una calidez embriagadora me recorrió. ¿Quién era yo para poner en duda los deseos de los ángeles? A mi alrededor la gente disfrutaba de sus platos dorados, charlaban cómodamente unos con otros, y cuando un tercer grupo de músicos se unió a los primeros, sentí que me rendía, como en un sueño.

—Bebe otra vez —dijo mi acompañante. Señaló a una esbelta joven rubia que justo en ese momento pasaba por nuestro lado en compañía de varias personas de mayor edad, toda una visión con su pelo amarillo adornado con flores blancas y joyas relucientes—. Ésa es la joven que ha causado todos los problemas, la Leticia a la que Ludovico tanto deseaba, aunque es la prometida de Niccolò, quien casi perdió la vida por su culpa. —Su tono era respetuoso, pero sus palabras me inquietaron, y podría haberle dicho algo, pero volvió a ofrecerme la copa.

Bebí. Y volví a beber.

La cabeza me daba vueltas. Cerré los ojos y los abrí de nuevo, al principio sin ver nada, sólo una miríada de velas flameando por todas partes, y entonces me di cuenta de que había mesas bajo los arcos a ambos lados del gran espacio.

Uno de los chicos me llenó de nuevo la copa y me sonrió. Bebí. Lentamente se me fue aclarando la cabeza. Allí donde miraba veía color y movimiento. La gente se iba apartando del espacio abierto que teníamos delante, la música ganó fuerza y de pronto sonaron dos trompetas seguidas de grandes aplausos.

Al espacio abierto llegó un grupo de bailarines ataviados con llamativos disfraces que representaban a los dioses y diosas de la Antigüedad, con armaduras y cascos dorados, escudos y lanzas. Ejecutaron una especie de ballet lento, grácil y exquisito. La gente aplaudía con ganas y la conversación ganó en intensidad.

Podría haber contemplado eternamente a aquellos bailarines ejecutar sus giros y movimientos, y sus formaciones. De pronto la música aumentó, los bailarines se apartaron y apareció un laudista que, tras colocar un pie sobre un pequeño banco plateado, comenzó a cantar con voz potente y graciosa sobre las variedades del amor, en latín.

Me entró una especie de mareo, pero me sentía extremadamente cómodo, contento y encandilado por lo que veía. El laudista se fue. Tocó el turno a los actores. Algunos se subieron a varios caballos y todos representaron una escena de batalla acompañada de mucho alboroto y aplausos frecuentes.

En mi plato dorado había comida, que tomaba con bastantes ganas. Luego vinieron los sirvientes a retirar los platos y el mantel para revelar otro mantel, carmesí y dorado, debajo.

Pasaban cuencos de agua perfumada para que nos lavásemos las manos.

Se habían llevado el primer plato y yo apenas me había dado cuenta, y ahora llegaron los sirvientes con bandejas de aves asadas y verduras. Y una vez más nos llenaron los platos. No había tenedores, lo que no me sorprendió. Comíamos con los dedos y con la ayuda de cuchillos dorados. Una y otra vez bebía cuando los chicos me rellenaban la copa, y mis ojos se dirigieron una vez más hacia la zona donde un enorme decorado pintado de calles y edificios llegó ruidosamente sobre ruedas, transformando el lugar en un escenario más elaborado.

No pude entender el tema del drama posterior. Me distraía la música, y finalmente me encontré demasiado somnoliento como para prestar atención.

Los aplausos me sacaron de mi atontamiento. Sirvieron lechones de aroma embriagador, aunque yo no deseaba comer nada más.

Una súbita sensación de alarma me puso alerta. ¿Qué estaba haciendo? ¿Por qué estaba allí? Mi intención había sido llorar por Ludovico, lamentar su muerte y mi incapacidad para salvarle, pero aquí estaba, cenando con extraños y riendo con ellos ante extravagantes espectáculos que para mí no tenían mucho sentido.

Quería hablar, pero el hombre que me había traído estaba hablando con un comensal del otro lado, al que le decía:

—Hazlo. Haz lo que quieras hacer. De todas formas vas a hacerlo, ¿no? En ese caso, ¿a qué viene torturarse por ese asunto? O ya puestos, por cualquier otro.

Miró al frente y bebió de su copa.

—No me has dicho tu nombre —le insté tocándole la manga.

Se volvió y me dedicó su sonrisa más afectuosa.

—Tiene demasiadas sílabas —repuso—, y no es necesario que lo conozcas.

Nos ofrecieron la carne. Él cortó un buen trozo de la bandeja y lo colocó en mi plato. Empleando una enorme cuchara dorada también me sirvió arroz y col.

—No, más no —dije—. De hecho, debo irme. Tengo que regresar.

—Tonterías, no tienes que hacerlo. Pronto todos bailarán. Y luego habrá más entretenimientos. La velada no ha hecho más que empezar. Estas fiestas duran toda la noche. —Señaló a un grupo en las mesas lejanas del lado derecho del salón—. Mira ahí, son invitados del cardenal venidos de Venecia. Hace todo lo posible por impresionarles.

—Eso está muy bien —asentí—. Pero debo comprobar qué ha sido de Vitale. Creo que ya he pasado aquí demasiado tiempo.

Cerca de mí oí aquella encantadora risa y me volví para ver a la incomparablemente hermosa Leticia, inclinando la cabeza hacia el hombre que tenía a su lado.

—Está claro que no sabe que Niccolò ha perdido a su hermano —dije.

—No, claro que no lo sabe. ¿Crees que la familia iba a dar publicidad a semejante desgracia? ¿A contar que el muy idiota se quitó la vida? Le están enterrando y quieren poder hacerlo en paz. Que se dediquen a sus subterfugios.

Una furia fría creció en mí.

—¿Por qué hablas así de ellos? —le espeté—. Todos ellos sufren, y yo he venido a ayudarles con su sufrimiento. Yo soy la respuesta a sus plegarias. ¡Parece como si no dieses tu aprobación a ellos ni sus plegarias!

Me di cuenta de que había alzado la voz. Menudo descaro. Me sentía confuso. ¿Estaba hablando con un ángel?

Me miró fijamente y de pronto me quedé examinando su rostro. Sus cejas eran altas, oscuras y rectas, y los ojos eran grandes y claros. La boca era redondeada y sonreía como si me considerase entretenido, pero en absoluto parecía despreciarme o considerarme indigno.

—¿Eres la respuesta a sus plegarias? —preguntó con delicadeza. Parecía preocupado—. ¿Lo eres? ¿Realmente crees que por eso estás aquí?

Hablaba en voz muy baja, demasiado baja para ese inmenso lugar, y demasiado baja para oírse por encima de la música que llegaba desde ambos lados del salón. Pero yo oía nítidamente todas sus palabras.

—¿Qué pasaría si te dijese que no eres la respuesta a las plegarias de nadie? ¿Si te dijese que no eres más que un tonto engañado por los espíritus para cumplir sus propósitos? —Y colocó su mano cálida sobre mi muñeca izquierda.

Me asusté y no dije nada. Me limité a mirarle los rizos delicados y abundantes, sus ojos firmes. Él no me asustaba, sino lo que acababa de decir. Si era cierto, el mundo carecía de sentido y yo estaba perdido. Lo sentí profundamente y al instante.

—¿Qué dices? —pregunté.

—Que te han mentido —confirmó con la misma cortesía esmerada—. No existen los ángeles, Toby, sólo hay espíritus, espíritus incorpóreos y los espíritus de los que han vivido en la carne y ya no viven en la carne. No te han enviado aquí para ayudar a nadie. Los espíritus que te manipulan se alimentan de tus emociones, saciándose como las personas de este salón se sacian de sus platos.

Parecía emocionalmente interesado en que yo lo comprendiese. Podría jurar que tenía lágrimas en los ojos.

—Malaquías no te ha enviado, ¿verdad? No tienes ninguna relación con él —dije.

—Claro que no me ha enviado, pero debes preguntarte por qué no me ha impedido decirte la verdad.

—No te creo —dije. Intenté ponerme en pie, pero me agarró del brazo con fuerza.

—Toby, no te vayas. No huyas de la verdad. Mi tiempo contigo podría ser más corto de lo que esperaba. Deja que te explique que estás atrapado en un sistema de creencias que no es más que una maquinaria de mentiras.

—Ni hablar —dije—. No sé quién eres, pero no te escucharé.

—¿Por qué no? ¿Por qué te da tanto miedo? He venido desde otro tiempo para advertirte contra esta creencia supersticiosa en ángeles, dioses y demonios. Ahora déjame llegar a tu corazón. Por favor.

—¿Por qué querrías hacerlo?

—En el universo hay muchas entidades incorpóreas como yo. Intentamos guiar a almas como tú que están perdidas en los sistemas de creencias. Intentamos llevaros de vuelta al camino del verdadero crecimiento espiritual. Toby, tu alma puede quedar atrapada durante siglos en un sistema de creencias, ¿no lo comprendes?

—Entonces, ¿cómo he llegado aquí, cómo he retrocedido cinco siglos en el tiempo si todo esto es mentira? Suéltame. Me voy.

—¿Retroceder cinco siglos en el tiempo? —Emitió una risa triste—. Toby, no has retrocedido en el tiempo, estás en otra dimensión, eso es todo, una que tus espíritus controladores construyeron para ti porque les conviene para recolectar tus emociones, y las de los seres que te rodean, para su propio disfrute.

—No insistas en eso. Es una idea horrenda. ¿Crees que no he oído cosas así antes?

Sentía miedo. Estaba conmocionado y aterrado. Me rebelaba contra todo lo que decía aquel hombre, pero me encontraba agitado. En cualquier momento un terror frío podría apoderarse de mí.

—Los términos que empleas no me resultan nuevos

—dije—. ¿Crees que no he leído teorías sobre dimensiones múltiples, historias sobre almas que viajan fuera del cuerpo, que encuentran espíritus terrenales atrapados en realidades de las que quieren escapar?

—Bien, si has leído sobre esas cosas, por amor a ti mismo y a todo lo que aprecias, ¡duda de esos seres horribles que te manipulan! Libérate de ellos. Puedes escapar de esta trampa grotesca, de esta compleja burbuja de tiempo y espacio, simplemente si lo deseas.

—¡Cómo! —me burlé—. ¿Entrechocando los talones y diciendo «No hay lugar como el hogar»? Mira, no sé quién eres, pero sé lo que pretendes. Intentas evitar que regrese con Vitale, evitar que cumpla con mi misión. Y tu apremio, amigo, hace más por debilitar tus anémicas teorías que cualquier lógica que yo pueda aplicar.

Pareció desconsolado.

—Tienes razón —admitió con ojos destellantes—. Intento desviarte, dirigirte hacia tu propio crecimiento y tu propia capacidad para dar con la verdad. Toby, ¿no quieres la verdad? Sabes que lo que esos supuestos ángeles te contaron no eran más que mentiras. No hay Ser Supremo escuchando las plegarias de nadie. No hay ángeles alados enviados para hacer cumplir Su voluntad. —Su boca compuso una mueca de desprecio, pero luego su expresión se volvió de absoluta compasión.

—¿Por qué iba a creerte? —pregunté—. Tu universo está vacío, es un universo poco creíble, y lo rechacé hace mucho tiempo. Lo rechacé cuando tenía las manos ensangrentadas y mi alma se teñía de negro. Lo rechacé porque para mí no tenía sentido, y ahora tampoco lo tiene. ¿Por qué es tu sistema de creencias más creíble que el mío?

—Creer, creer, creer. Te pido que uses la razón. Presta atención, porque tus espíritus matones podrían volver en cualquier momento para recogerte. Por favor, te lo ruego, confía en lo que digo. Eres un ser espiritual muy poderoso, Toby, y no precisas de un dios celoso que exige reverencias, ¡ni de sus secuaces ángeles enviándote a responder a las oraciones!

—¿Y en nombre de quién has venido aquí, armado con tanta vehemencia e invirtiendo tanto esfuerzo?

—Te lo he dicho. Soy una de las muchas entidades incorpóreas enviada a ayudarte en tu viaje. Toby, esta miserable religión tuya es el sistema de creencias más bajo y más agotador. Si quieres evolucionar debes superarlo.

—Te han enviado, ¿quiénes?

—¿Cómo puedo hacértelo entender? —Parecía sinceramente triste—. Has vivido muchas vidas, pero siempre con un alma.

—Eso lo he oído un millón de veces.

—Toby, mírame a los ojos. Soy la personalidad de una vida que viviste hace mucho tiempo.

—No me hagas reír.

Sus ojos se anegaron en lágrimas.

—Toby, soy el hombre que fuiste en esta misma época, ¿no lo comprendes?, y he venido a despertarte para que veas la forma real del universo. No tiene ninguna relación con el Cielo o el Infierno. No hay dioses exigiendo adoración. No existe el Bien ni el Mal. No son más que ideas.

Has caído en una trampa que imposibilita el crecimiento espiritual. Desafía a esos seres. Niégate a obedecer.

—No —dije, y algo cambió en mi interior. El miedo desapareció, y también la furia que había sentido. Sentía tranquilidad, y una vez más fui consciente de la música, la misma encantadora melodía que había oído al llegar. Esa música poseía un tono tan elocuente de justicia y belleza, expresaba tan bien una virtud que resultaba sumamente conmovedora.

Me volví y miré al grupo. La gente bailaba, hombres y mujeres en círculos, cogidos de las manos, un círculo girando en un sentido, el círculo exterior en otro.

Me dijo al oído:

—Empiezas a pensarlo, ¿no es así?

—He pensado en ello, en las ideas que ofreces. Ya te he dicho que las he oído antes. —Me volví para mirarlo—. Pero no encuentro nada convincente en tus argumentos. Como he dicho, describes tu propio sistema de creencias. ¿Qué pruebas tienes de que hay otras dimensiones o de que no existe Dios?

—No preciso pruebas de lo que no es —repuso. Parecía consternado—. Recurro a tu sentido común. Has vivido muchas veces, Toby, y en muchas ocasiones espíritus como yo han acudido en tu ayuda, y en ocasiones has aceptado esa ayuda y en ocasiones no. Regresas a la carne una y otra vez con el plan de aprender ciertas cosas, pero tu aprendizaje no puede avanzar hasta que comprendas que ésa es la verdad.

—No, todo lo que dices es un sistema de creencias, y

como todo sistema de creencias ofrece cierta coherencia y cierta belleza, pero lo rechacé hace mucho tiempo. Ya te he dicho que lo encuentro vacío.

—¿Cómo puedes decir tal cosa?

—¿Realmente quieres saberlo? ¿De verdad quieres saberlo?

—Te quiero. Soy tú. Estoy aquí para ayudarte a avanzar.

—Lo sé porque en lo más profundo de mi alma sé que hay un Dios. Hay alguien a quien amo al que llamo Dios. Ese alguien posee emociones. Ese alguien es Amor. Y siento que la presencia de ese Dios es la estructura misma del mundo en que vivo. Sé con profunda convicción que ese Dios existe. El que Él enviaría ángeles a Sus hijos es una idea que posee una elegancia innegable. He examinado tus ideas, digamos que tu sistema, y me resulta estéril y en última instancia poco convincente y frío. En el fondo es terriblemente frío. Carece de la personalidad de Dios y es frío.

—No —protestó negando con la cabeza—. No es frío. Te equivocas. En el centro de tu sistema estás situando a un dios que no ha existido nunca. Sólo el niño que hay en tu interior insiste en ese dios. El niño debe ceder ante el hombre.

Me levanté de la mesa, agarrando el laúd. Me detuve, solté la espada y la dejé caer al suelo. Me quité la capa que me dio al conocernos.

De pronto la cabeza me daba vueltas.

—No te vayas, Toby —pidió.

Estaba de pie a mi lado. No. Caminábamos juntos a

través de la multitud. Yo estaba mareado. Alguien me ofreció una copa de vino y la rechacé con un gesto.

Me rodeó con los brazos e intentó detenerme.

—Suéltame, te lo advierto —dije—. No me interesa lo que me ofreces. No sé si eres malvado o simplemente te has perdido durante tu viaje personal. Pero sé lo que debo hacer. Debo volver con Vitale y ayudarle en la medida que me sea posible.

—Puedes ser libre —me susurró al oído—. ¡Desafíales, maldíceles! —dijo con el rostro encendido—. Denúncialos y repúdialos. No tienen derecho a usarte. —El susurro se había convertido en un siseo.

Miró de derecha a izquierda. Me soltó para colocar las manos en mis hombros, y la presión de los dedos era cada vez más intensa.

Requerí de todas mis fuerzas para no golpearle y apartarle a un lado.

—¿Me creerías si hago que todo esto desaparezca? —dijo—. ¿Si te lanzo de vuelta a tu cama en la Posada de la Misión? ¿O debería dejarte en la calle arbolada de Nueva Orleans donde vive tu dama?

Sentí la sangre fluyendo a mi cara.

—Apártate de mí —le espeté—. Si eres lo que dices ser, entonces sabes que no causaré daño alguno si regreso con Vitale. El que ayuda a otro ser humano que lo precisa no causa daño en ningún caso.

—¡Al cuerno con Vitale! —soltó—. Al cuerno él y sus sucios líos. No permitiré que te pierdas.

Sus dedos me aferraban y resultaba muy doloroso. El

sonido de la multitud y la música había ganado en intensidad y ahora parecía ensordecedor, de la misma forma que las luces se habían convertido en un resplandor que todo lo anegaba.

Con todos mis sentidos luchaba por no perder el sentido, por dominar mi mente y por saber qué hacer.

Me conmocionó un estruendoso estallido de aplausos y gritos de la multitud. Y en ese momento él me pasó el brazo por la cintura y me arrastró a empellones.

Me resistí.

—¡Apártate de mí, Satanás! —susurré. Y le di un buen puñetazo en la cara que lo lanzó volando lejos de mí, como si no estuviese formado de nada, sólo de aire.

Vi su forma apartándose deprisa, como si descendiese por un inmenso túnel de luz. Es más, la misma estructura del mundo que me rodeaba se había roto y allí su cuerpo explotó en masas de fuego cegador. Cerré los ojos y me hinqué de rodillas. La luz era volcánica y cegadora. Un tremendo grito me aturdió para luego transformarse en una especie de aullido.

Una voz me habló.

—¡Dime tu nombre!

Intenté ver pero la luz todavía me cegaba. Me cubrí el rostro con las manos, intentando entrever entre los dedos, pero sólo veía aquel fuego tormentoso.

—¡Dime tu nombre! —insistió la voz y oí la respuesta como un siseo.

—¡Ankanoc! Déjame ir.

La voz volvió a hablar, con un tono inconfundible de

denuncia, aunque no pude oír las palabras. «Ankanoc, regresa al Infierno.» Lo habían expulsado y la fuerza que lo había hecho seguía cerca.

Se produjo un rugido terrible, que ganó en intensidad, y aunque tenía los ojos cerrados, supe que la luz había desaparecido. «Ankanoc.» El nombre reverberaba en mi mente y sabía que jamás lo olvidaría. Creía conocer la voz que había exigido el nombre, que había exigido su partida, y era la voz de Malaquías, pero no estaba seguro. Estaba conmocionado hasta la médula.

Abrí los ojos.

Me encontré arrodillado sobre las losas de piedra. La multitud estaba cerca de mí. La misma risa, las mismas voces, la misma música estruendosa. Me palpitaba la cabeza. Me dolían los hombros.

Malaquías estaba arrodillado junto a mí, sosteniéndome, pero realmente no me era visible. Sentí sus manos ayudándome. Con voz inaudible me dijo:

—Ahora conoces su nombre. ¡Llámale por su nombre, independientemente de la forma en que se presente, y tendrá que responder! Recuérdalo siempre. Ankanoc. Ahora te dejo para que cumplas con tu misión.

«Mentiras, sistemas de creencias, seres, alimentarse...»

—¡No me dejes! —susurré.

Pero ya se había ido.

Había un hombre a mi lado, un hombre de rostro dulce y redondeado, vestido con una larga túnica roja. Me tendía las manos mientras decía:

—Vamos, deje que le ayude, joven, vamos, apenas ha

pasado la medianoche y es muy pronto para ir dando tumbos.

Otras manos me ayudaron a ponerme en pie.

Luego, dándome un golpecito en el hombro, el hombre me sonrió y se alejó con sus compañeros hacia la sala del banquete.

Me encontraba frente a las puertas abiertas del *palazzo*. Y fuera llovía.

Intenté aclararme la cabeza. Intenté pensar en todo lo sucedido.

Había pasado la medianoche. Había estado ausente mucho tiempo.

¿Qué había estado pensando para permitir que sucediese y qué creía que había sucedido? El miedo volvió a apoderarse de mí, acumulándose gradualmente hasta que ya no pude pensar o sentir. ¿Realmente había venido Malaquías? ¿Había expulsado al demonio? Ankanoc. De pronto lo único que podía visualizar era su rostro agradable, sus modales aparentemente corteses, su encanto indudable.

Me encontraba bajo la lluvia. Odiaba la lluvia. No quería mojarme. No quería que el laúd se mojase. Estaba de pie en la oscuridad, la lluvia me golpeaba y sentía frío.

Cerré los ojos y recé al Dios en que creía, al Dios de mi sistema de creencias, pensé amargamente, pidiéndole ayuda.

«Creo en Ti. Creo que estás aquí, pueda sentirte o no, o incluso tener la seguridad de que sea cierto. Creo en el universo que creaste, que construiste a partir de Tu amor y Tu poder. Creo que Tú lo ves todo y lo sabes todo.»

Pensé en silencio. «Creo en Tu mundo, en Tu justicia, en Tu coherencia. Creo en lo que hace unos momentos he apreciado en la música. Creo en todo lo que no puedo negar. Y en el centro de todo eso se encuentra el fuego del amor. Que mi corazón y mi mente se consuman en ese fuego.»

Poco a poco fui consciente de estar decidiendo, pero era la única decisión que podía tomar.

Se me despejó la cabeza.

Oí la melodía que llegaba del interior del *palazzo*, la que había oído cuando los músicos empezaron a tocar. No sabía si era yo mismo el que le daba forma a partir de los hilos distantes de música, o si realmente la tocaban, tan tenue era. Pero conocía la melodía y me puse a tararearla. Tenía ganas de llorar.

No lloré. Me quedé allí hasta que volví a sentirme tranquilo y decidido, y la oscuridad ya no parecía una tiniebla fatal que rodeaba el mundo. «Oh, si al menos Malaquías regresase —pensé—, si al menos me hablase algo más.» ¿Por qué había permitido que el demonio, ese *dybbuk* malvado, viniese a mí? ¿Por qué lo había consentido? Pero ¿quién era yo para hacer esas preguntas? Yo no había establecido las reglas de este mundo. Ni las de esta misión.

Ahora debía volver con Vitale.

Malaquías me ofrecía la oportunidad de hacerlo, de cumplir la misión, y eso era exactamente lo que pretendía hacer.

Lejos, a la izquierda, vi el callejón por el que había llegado y corrí hacia él. Y luego hacia la *piazza* frente a la casa de Vitale.

Corría con la cabeza gacha. Justo antes de llegar a la puerta de la casa, el criado me alcanzó y me echó un manto sobre cabeza y hombros. Me hizo pasar, salvándome de la lluvia, y con rapidez me secó la cara con un trapo.

Una antorcha solitaria flameaba en su soporte de hierro, y sobre una mesa pequeña se veía un candelabro en el que ardían tres velas.

Me quedé de pie temblando, odiando el frío. Dentro sólo hacía un poco más de calor, pero poco a poco iba desapareciendo lo peor del frío.

Visualicé el rostro de Ankanoc y oí de nuevo sus palabras, «un sistema de creencias», y oí las largas frases que había pronunciado y las frases familiares que había soltado. Vi el ardor de sus ojos. Y a continuación oí el siseo al confesar su nombre.

De nuevo presencié el fuego y oí el rugido ensordecedor que lo acompañaba. Descansé mi cuerpo contra la húmeda pared de piedra.

Comprendí algo muy importante: nunca sabes nada con seguridad, incluso cuando tu fe es grande. No lo sabes. Tu ansia, tu angustia, pueden ser infinitas. Incluso allí, en esa casa extraña de otro siglo, con todas las pruebas del Cielo que se me habían ofrecido, realmente no sabía lo que ansiaba saber. No podía escapar al miedo. Hacía sólo unos momentos que un ángel me había hablado, pero ahora me encontraba solo. Y el ansia de conocer era dolor, porque ansiaba el final de toda tensión y sufrimiento. Y en verdad no terminan nunca.

—Mi amo os pide que os marchéis —dijo el criado con pesar—. Os ofrece este dinero y os da las gracias.

—No necesito dinero.

Mi respuesta pareció agradarle y apartó la bolsa.

—Pero, amo —repuso—, os lo ruego. No os vayáis. Mi amo está prisionero en la casa del *signore* Antonio. Fray Piero ha exigido su encierro hasta que lleguen más sacerdotes. Lo tienen prisionero por culpa del demonio.

—No le abandonaré —prometí.

—Gracias al Cielo —dijo el criado y se echó a llorar—. Gracias al Cielo —repitió una y otra vez—. Si juzgan a mi amo por brujería el veredicto es seguro. Morirá.

—Haré todo lo posible por evitarlo.

Me volví para entrar en la casa.

—No, amo, por favor, no entréis. El demonio lleva tranquilo sólo unas horas. Si subimos las escaleras, lo sabrá y empezará de nuevo.

—En ese caso, quédate aquí, pero yo iré a hablar con ese demonio —dije. Tomé el candelabro de hierro—. Acabo de hablar con otro y este de aquí no me da miedo.

10

Oí al *dybbuk* tan pronto como llegué a la escalera de piedra. Estaba muy por encima de mí. Recordé que Vitale me había contado que «arriba» había encontrado la sinagoga de la casa, con sus libros sagrados. Subí, protegiendo las llamas temblorosas de las velas, dejando atrás la puerta del estudio de Vitale y dirigiéndome hacia el piso superior.

Los ruidos ganaron en intensidad e insistencia. Algo se rompió. Se oían golpes y estruendos, quizás a medida que los objetos golpeaban las paredes.

Finalmente me encontré ante la puerta abierta que daba a una estancia grande. Silencio. El techo era algo más bajo que los otros, pero no mucho.

La luz reveló el brillo plateado de un arca que sin duda contenía los libros sagrados de Moisés. Estaba situada en la pared oriental. A un lado, una especie de podio miraba hacia la habitación, con varios bancos polvorientos justo delante, y más a la derecha había una pantalla grande y dorada. Detrás había un banco largo, con toda probabilidad destinado a las mujeres que quisieran asistir al servicio o sermón. Las paredes estaban recubiertas de madera oscura, muy opulenta, pero no tan oscura como para impedirme apreciar las múltiples inscripciones en letras hebreas negras. A un lado del podio había una mesa que contenía un montón de rollos.

Exquisitos candelabros de plata colgaban del techo. Las ventanas estaban cerradas y atrancadas. Y mi candelabro era, evidentemente, la única fuente de luz.

De pronto los bancos que tenía delante empezaron a vibrar, luego a moverse, un banco golpeando otro, y los candelabros se pusieron a crujir colgando de sus cadenas de plata.

De uno de los bancos se elevó un pequeño libro que vino volando hacia mí, por lo que tuve que agacharme. Cayó al suelo a mi espalda.

—¿Quién eres? —pregunté—. Si eres un *dybbuk*, ¡exijo que me digas tu nombre!

Todos los bancos se movían, entrechocando, y la pantalla dorada cayó con estrépito. Una vez más los objetos venían hacia mí, y tuve que salir del umbral, protegiéndome instintivamente con la mano derecha. Se oyó un sonido hueco, un estruendo sordo, muy parecido al producido al expulsar a Ankanoc, pero en esta ocasión emitido por una voz humana. Fue tan intenso que me cubrí los oídos.

—En el nombre de Dios —dije—, te exijo que me digas tu nombre.

Pero con eso sólo logré incrementar la furia de la criatura. Uno de los candelabros comenzó a agitarse violentamente de un lado a otro hasta que la cadena se rompió y se estrelló contra los bancos.

Me dejé caer al suelo, como si tuviese miedo, pero no era así. Vi cómo otro candelabro caía sobre los bancos e intenté no parpadear ni estremecerme al oír el ruido.

Dejando el candelabro en el suelo, me quedé sentado inmóvil. Si el demonio lograba apagar las velas, me encontraría en desventaja, pero por ahora no lo había hecho, y mientras estuve allí sin moverme ni hablar, volvió a tranquilizarse.

Lentamente, agarré el laúd y me lo coloqué en el regazo. No estaba seguro de qué pretendía hacer, pero tensé las cuerdas, punteando muy despacio, para afinarlo. Cerrando los ojos, comencé a tocar de memoria la melodía que había oído en el palacio del cardenal. Pensé, sin palabras, en lo que la música había significado para mí al discutir con Ankanoc. Pensé en la coherencia, en su elocuencia, de la forma en que esa música me hablaba de un mundo en el que la armonía era infinitamente más que un sueño, en el que la belleza apuntaba a lo divino. Casi lloraba cuando me entregué a la música, confiando en mí mismo para reconstruir la melodía y hacerla mía sin ningún cambio que el recuerdo no pudiese avalar.

Las notas del laúd resonaban en las paredes con cierto eco. Me envalentoné un poco, tocando más rápido y con mayor variación, y lentamente llevando la melodía hacia un comentario melancólico sobre sí misma. Me puse a tararear con notas más graves, y luego a cantar quedamente con monosílabos graves, «*na nah, na nah, nah, na*», permitiendo que dedos y voz me llevasen adonde quisiesen. Las lágrimas afloraron a mis ojos. Dejé que se vertiesen por el rostro. Y empecé a cantar suavemente los versos de un salmo.

—*Oh, Señor de mi salvación, cuando lloro frente a ti en la oscuridad, permite que mis oraciones te alcancen.* —Vacilé, incapaz de recordar, parafraseando—. *Me encuentro cerca del límite de Sheol. Presta tus oídos a mi dolor.*

Seguí cantando, empleando las palabras cuando recordaba las frases, tarareando si no recordaba. Desplacé la vista por la estancia y comprendí que no estaba solo.

De pie junto al arca, no muy lejos de mí, había un anciano de baja estatura.

Nos miramos y su rostro reflejó un gran asombro. No era difícil adivinar la razón. Le asombraba que yo pudiese verlo, de la misma forma que me asombraba a mí.

Dejé de tocar y me limité a mirarlo, decidido a no manifestar miedo. Y efectivamente no sentía miedo. Sólo sentía una emoción creciente y asombro, así como ansiedad por descubrir qué hacer.

—No eres un *dybbuk* —susurré.

No pareció oírme. Me examinaba con atención. Yo hice lo mismo, memorizando todo lo que veía empleando la antigua preparación del asesino, decidido a no pasar por alto nada de lo que se presentaba ante mí.

Era pequeño, estaba algo encorvado y era muy viejo,

con una calva en lo alto de la cabeza y una espesa melena de pelo blanco que le llegaba hasta los hombros. Tenía bigote y barba blancos. Sus ropas de terciopelo negro, aunque elegantes en su momento, ahora se veían raídas y polvorientas, rotas en algunos puntos. Su manto tenía borlas azules cosidas en los extremos, y sobre el corazón llevaba la odiosa insignia amarilla que le señalaba como judío. Ahora parecía tranquilo, y me examinaba con ojos intensos y pequeños a través de unos anteojos relucientes.

Anteojos. No sabía que la gente de esa época dispusiera de tales artilugios. Pero llevaba anteojos y ocasionalmente las llamas de las velas se reflejaban en las lentes.

«Malaquías, concédeme la gracia de hablar con él.»

—Comprendes que puedo verte —dije—. No vengo como enemigo. Sólo quiero saber por qué frecuentas este lugar. ¿Qué te ha dejado tan inquieto? ¿Qué te ha quitado el deseo de ir hacia la luz?

Guardó silencio, inmóvil y pensativo. Luego vino hacia mí.

Pensé que se me pararía el corazón. Avanzó hasta situarse justo frente a mí. Contuve el aliento. Era aparentemente humano, un ser que respiraba al mirarme por debajo de sus cejas blancas.

No me consolaba saber que yo mismo era un espíritu en ese lugar, que él no era más milagroso que yo. Estaba asustado, pero también decidido a ocultarlo.

Me dejó atrás y salió al pasillo.

Cogí el candelabro y, olvidando el laúd, fui tras él. Se dirigió a la escalera e inició un descenso rápido y silencioso.

Le seguí.

En ningún momento miró atrás. Encorvado y pequeño, se movía con rapidez, quizá con la pericia de los fantasmas, hasta llegar a la puerta atrancada del sótano. Él la atravesó y yo me apresuré a abrirla para seguirle, y las velas revelaron lentamente el caos de aquel sótano.

Por todas partes había mesas y sillas rotas. Polvorientas barricas de vino se alineaban en las paredes. Viejos muebles, atados entre sí con cuerdas, se apilaban sobre las barricas. Algunos fardos estaban abiertos y su contenido se desparramaba por el suelo. Había cientos de libros mohosos formando montones, con los lomos rotos y las páginas arrugadas.

Habían tirado lámparas y candelabros, y esparcido los cestos de la ropa, que estaba retorcida y desperdigada.

El pequeño anciano se quedó mirándome.

—¿Qué quieres que sepa? —pregunté. Quería hacer la señal de la cruz, pero para él tal gesto sería una ofensa—. En nombre de Dios en los Cielos, ¿qué puedo hacer?

Eso le enfureció.

Me aulló y gritó, golpeando una y otra vez con los pies el suelo del sótano, y mirándolo con furia. Luego se puso a coger los pequeños objetos que ya estaban dispersos. Agarró una botella y la destrozó contra la piedra. Lanzó libros. Arrancó páginas de pergamino e intentó en vano arrojarlas lejos, furioso al verlas flotar a su alrededor. Pateó y señaló, y aulló como si se tratase de una bestia salvaje.

—¡Para, por favor, te lo ruego! —grité—. No eres un *dybbuk*. Lo sé. Oigo tus gritos. Revélame tu corazón.

Pero no supe si me había oído o no, pues seguía gritando como un poseso.

Empezó a arrojarme objetos. Patas de silla, trozos de cerámica, botellas rotas... Todo lo que podía coger me lo lanzaba.

Daba la impresión de que todo el sótano se agitaba; de las barricas caían los muebles como si fuese un terremoto. Una botella de vino me dio un buen golpe en un lado de la cabeza y sentí el líquido avinagrado cayéndome sobre los hombros. Me eché atrás, tambaleándome, mareado. Pero agarré firmemente el candelabro encendido como si me aferrase a la vida.

Me sentí tentado a discutir con él, apelar a su gratitud de que yo me hubiese dignado venir aquí por él, pero comprendí que tal actitud por mi parte sería jactanciosa, orgullosa y estúpida. Él sentía dolor. ¿Cuáles eran mis intenciones?

Incliné la cabeza y recé en voz baja. «Señor, no me permitas fracasar como he fracasado con Ludovico.» Una vez más, escogí un salmo que sólo recordaba a medias, y mientras cantaba las antiguas palabras él se fue deteniendo.

Se quedó allí, todavía apuntando al suelo. Sí, señalaba.

De pronto oí al viejo criado en la puerta, en lo alto de las escaleras.

—¡Amo, por amor del Cielo, salid de ahí!

«No, ahora no», pensé.

El fantasma había desaparecido.

De pronto todos los objetos parecían volar por el aire. Las velas se apagaron.

En la oscuridad, dejé caer el candelabro, me volví y corrí hacia la tenue luz en lo alto de la escalera. Estaba seguro de que unas manos tirarían de mí, unos dedos me agarrarían del pelo, sentiría un aliento apestoso contra mi rostro.

Presa del pánico, seguí avanzando hasta llegar al criado, apartarle y cerrar la puerta del sótano. La atranqué.

Me apoyé para recuperar el aliento.

—Amo, tenéis sangre en la cara —dijo el viejo criado, que se llamaba Pico.

Del otro lado de la puerta llegó un aullido lastimero y luego un ruido atronador, como si las grandes barricas de vino rodasen por el suelo.

—La sangre no importa —dije—. Llévame con el *signore* Antonio. Debo hablar con él de inmediato.

Salí de la casa.

—¿A esta hora? —protestó el viejo, pero no me detuve.

—Sabe quién es el fantasma, debe de saberlo —dije. Intenté recordar lo que me habían contado. Un estudioso hebreo había vivido en la casa, sí, veinte años antes. Tal estudioso había preparado la sinagoga del piso superior. ¿El *signore* Antonio no había supuesto en ningún momento que ese hombre podía ser el fantasma?

Aporreamos las puertas de la casa hasta que el vigilante nocturno apareció somnoliento y, al vernos, nos dejó pasar.

—Debo ver de inmediato al amo —le dije al anciano, pero se limitó a mover la cabeza como si fuese sordo.

Resultaba asombroso, pensé, la cantidad de sirvientes ancianos y endebles que había en esa casa. Fue Pico quien, tras coger una solitaria vela, me llevó escaleras arriba.

En el dormitorio del *signore* Antonio había lámparas encendidas. Las puertas estaban abiertas y pude verle perfectamente, arrodillado, vestido con su larga túnica de lana, sobre el suelo desnudo al pie de su cama. Tenía la cabeza desnuda y sudorosa, y las manos extendidas formando una cruz. Estaba rezando por su hijo.

Se sorprendió al verme. Y luego me miró fijamente con silenciosa indignación.

—¿Por qué habéis venido? —dijo—. Pensé que habíais huido temiendo por vuestra vida.

—He visto al fantasma de la otra casa. Le he visto con claridad y estoy seguro de que sabéis quién es.

Entré y le tendí las manos para ayudarlo a ponerse en pie. Las aceptó, porque a su edad le resultaba difícil, y luego, volviéndose, fue hasta una de sus muchas y muy talladas sillas. Se hundió en los cojines y, frotándose la nariz como si sintiese dolor, me miró.

—¡No creo en fantasmas! —dijo—. En *dybbuks* sí, en demonios, también, pero no en fantasmas.

—Bien, piénselo mejor. El fantasma es un anciano de poca estatura. Lleva una túnica de terciopelo negro, larga, como la de un estudioso, pero con borlas azules cosidas en su manto. Lleva la «insignia de la vergüenza» amarilla sobre la túnica y mira al mundo a través de anteojos.

—Los describí poniendo los dedos sobre los ojos—. Tiene calva y un largo pelo gris, así como barba.

El hombre se quedó atónito.

—¿Es el estudioso hebreo que vivió en la casa hace veinte años? —pregunté—. ¿Conocéis su nombre?

No respondió, aún impresionado profundamente. Apartó la vista, conmocionado y aparentemente abatido.

—Por amor del Cielo, decidme si conocéis a ese hombre —le insté—. Vitale está prisionero bajo vuestro techo. La Inquisición le juzgará por...

—Sí, sí, he estado intentando pararlo —dijo, levantando la mano. Tomó aliento y, tras un momento de silencio, pareció aceptar, lanzando un largo suspiro, lo que era preciso hacer—. Sí, conozco a ese fantasma.

—¿Sabéis por qué sigue aquí? ¿Sabéis lo que quiere?

Negó con un gesto. Estaba claro que le resultaba casi insoportable.

—El sótano, ¿qué relación tiene con el sótano? Me guio al sótano. Señalé el suelo de piedra.

Emitió un largo gemido de agonía. Se llevó las manos a la cara para luego mirar sobre sus propios dedos.

—¿De verdad le habéis visto? —susurró.

—Sí. He visto lo que hace. Se enfurece, aúlla, grita de dolor. Y señala al suelo.

—Oh, no lo repitas —me rogó—. ¿Por qué fui tan tonto como para pensar que no podía ser? —Se apartó de mí, como si no pudiese soportar mi escrutinio, y agachó la cabeza.

—¿No podéis contar a los demás lo que sabéis? —pregunté—. ¿No podéis dar testimonio de que no tiene nada que ver con Vitale, con el pobre Ludovico ni con Niccolò? *Signore* Antonio, debéis contarme lo que sabéis.

—Tirad de la cuerda de la campanilla —dijo.

Hice lo que me pedía.

Cuando apareció el sirviente, otra antigua reliquia de ser humano, su amo le dijo que al amanecer debía reunir a todos los miembros de la casa en la vivienda donde moraba el fantasma. Tal reunión debía incluir a fray Piero, Niccolò y Vitale, y todos debían congregarse alrededor de la mesa del comedor, que debía limpiarse y acompañarse de lámparas y sillas. Pan, fruta, vino... debía haber de todo, porque tenía algo importante que contar.

Me despedí de él.

Pico, que había permanecido en el pasillo, me llevó a la puerta de Vitale. Cuando lo llamé, me respondió en voz baja y desesperada. Le dije que no tuviese miedo. Había visto al fantasma y pronto todo se aclararía.

Luego dejé que el criado me guiase a un pequeño dormitorio con paredes pintadas. Por mucha curiosidad que sintiese por las imágenes, me tendí en la cama con dosel y me dormí de inmediato y profundamente.

Desperté con las primeras luces. Había soñado con Ankanoc. Habíamos estado sentados, hablando en algún lugar cómodo, y él había dicho con todo su encanto:

—¿No te lo dije? Hay millones de almas perdidas en sistemas de dolor, pena y apegos sin sentido. No existe la justicia, no existe la misericordia, no existe Dios. No hay testigos de nuestro sufrimiento, excepto nosotros mismos...

«Espíritus que te utilizan, que se alimentan de tus emociones, sin dios, sin demonio...»

En el silencio del pequeño dormitorio le respondí, o me respondí a mí mismo:

—Existe la misericordia —susurré—. Y existe la justicia, y existe Él, que lo presencia todo. Y por encima de todo, existe el amor.

11

Cuando llegué, la familia ya se había reunido en el comedor de la desafortunada casa. El fantasma hacía de las suyas en el sótano y ocasionalmente lanzaba grandes alaridos y rugidos por todas las estancias.

Cuatro guardias armados asistían al *signore* Antonio alrededor de su silla, a la cabecera de la mesa. Parecía descansado y decidido, y solemnemente vestido de terciopelo negro, la cabeza gacha y las manos unidas como si rezase.

Niccolò parecía maravillosamente mejorado, y era la primera vez que le veía con ropas normales, si las ropas de esa época se podían considerar normales. Vestía de negro igual que su padre. Y también Vitale, que se encontraba sentado a su lado y me miró con ojos tímidos.

Fray Piero estaba sentado al pie de la mesa, y a su derecha tenía a otros dos clérigos, y a alguien con un montón de papeles y un tintero y pluma que parecía, evidentemente, un secretario. Había comida abundante en la gran mesa tallada, y una hilera de sirvientes asustados, incluyendo a Pico, se alineaba contra la pared.

—Sentaos aquí —me ofreció el *signore* Antonio, indicando su derecha.

Obedecí.

—¡Repito que me opongo a esto! —repuso fray Piero—, a esta comunión con espíritus o lo que se suponga que es. Esta casa debe ser exorcizada de inmediato. Estoy preparado para comenzar.

—No insista en eso —dijo el *signore* Antonio—. Ahora sé quién embruja esta casa y os diré quién es y por qué lo hace. Y os lo advierto: ni una palabra de esto debe salir jamás de esta estancia.

Con renuencia, los sacerdotes aceptaron, pero me quedó claro que no se consideraban obligados a cumplirlo. Posiblemente no importase.

Los ruidos del sótano seguían llegando y una vez más estuve convencido de que el fantasma hacía rodar las barricas de vino.

Tras una señal del *signore* Antonio, los guardias cerraron la puerta del comedor, y así tuvimos algo de tranquilidad cuando empezó a hablar.

—Todo comenzó hace muchos años, cuando era un joven estudiante en Florencia y había disfrutado de lo lindo en la corte de los Médici, por lo que no estaba nada contento de ver al temible Savonarola venir a la ciudad. ¿Sabéis de quién hablo?

—Cuéntanos, padre —pidió Niccolò—. Llevamos

oyendo ese nombre durante toda la vida, pero no sabemos realmente qué sucedió en esa época.

—Bien, en aquella época tenía tantos amigos entre los judíos de Florencia como tengo ahora, y tenía amigos académicos, en especial un profesor muy docto que me ayudaba a traducir textos médicos del árabe que él, como gran profesor de hebreo, conocía muy bien. A ese hombre le veneraba como vosotros acabasteis venerando a vuestros profesores hebreos en Padua y Montpellier. Se llamaba Giovanni y tengo una gran deuda con él por toda la labor que realizó para mí, y en ocasiones siento que no le correspondí lo suficiente, porque cada vez que me entregaba un manuscrito hermosamente terminado yo lo llevaba al impresor y el libro acababa circulando para que todos mis amigos lo viesen y lo disfrutasen. Yo diría que las traducciones y anotaciones que Giovanni realizó para mí circularon por toda Italia, porque trabajaba con rapidez y bien, y en la mayor parte de las ocasiones sin cometer el más mínimo error.

»Bien, Giovanni, quien era buen amigo mío y compañero de bebercio, dependía de mí para su protección cuando los monjes venían a soltar sus arengas incitando a la población contra los judíos. Lo mismo valía para su querido y único hijo, Lionello, que fue para mí tan buen amigo y compañero como el que más. Quería a Lionello y quería a su padre con todo mi corazón.

»Sabéis que la Semana Santa en nuestras ciudades es siempre igual. Las puertas se cierran a todos los judíos desde el Jueves Santo hasta el domingo de Pascua, más por su protección que por otra cosa. Y a medida que se dan sermones donde se les azuza como los asesinos de Cristo, los jóvenes rufianes recorren las calles y lanzan piedras a las casas judías. Los judíos se quedan en el interior, a salvo, y rara vez se rompe algo más que una ventana o dos, y cuando pasa el domingo de Pascua, cuando la multitud ya vuelve a estar tranquila y la población vuelve a sus quehaceres, los judíos salen, reparan los vidrios y todo queda olvidado.

—Todos lo sabemos, y sabemos que merecen lo que les pasa —dijo fray Piero—, porque efectivamente fueron los asesinos de Nuestro Santo Señor.

—Vamos, no acusemos a los judíos aquí presentes de nuevos crímenes. Está claro que Vitale disfruta del respeto de los médicos del Papa, y éste tiene a muchos miembros de su familia empleados por romanos ricos que se alegran de tenerle a su servicio.

—¿Nos hará el favor de decirnos qué relación hay entre la Semana Santa y las locuras de este espíritu? —respondió fray Piero—. ¿Se trata de algún fantasma judío que se considera erróneamente acusado del asesinato de Cristo?

El *signore* Antonio miró al sacerdote con desdén. Y de pronto llegó un alboroto desde el sótano que no se parecía a nada que hubiésemos oído antes.

El rostro del *signore* Antonio estaba muy serio. Y miró a fray Piero como si le despreciase, pero no respondió de inmediato. El ruido conmocionó y enfureció a fray Piero, igual que a los otros sacerdotes. De hecho, todos estábamos conmocionados. Vitale se estremecía con cada estruendo en el sótano. Y las puertas de la casa empezaron a cerrarse como si hubiese un viento potente.

Elevando la voz para hacerse oír a pesar del ruido, el *signore* Antonio prosiguió:

—En Florencia le sucedió algo terrible a mi amigo Giovanni. Algo que implicaba a Lionello, al que yo tanto quería. —Palideció y durante un momento giró la cabeza, como si apartase la vista de aquel doloroso recuerdo—. Sólo ahora, como padre que ha perdido un hijo, empiezo a comprender lo que eso significó para Giovanni —dijo—. En ese momento sentí con demasiada intensidad mi propio dolor. Pero lo que le sucedió al único hijo de Giovanni fue mucho más horrible que cualquier cosa que le pasase a Ludovico bajo mi techo.

Tragó saliva y siguió hablando con voz forzada.

—Debéis recordar que eran días diferentes de los que ahora disfrutamos en Roma, donde el Santo Padre mantiene a raya a los frailes para que no inciten a la población contra los judíos.

—Nunca es intención de los frailes tal resultado —terció fray Piero con tono paciente y cortés—. Cuando predican durante la Semana Santa, su única intención es recordarnos nuestros pecados. Somos todos asesinos de Nuestro Santo Señor. Somos todos responsables de Su muerte en la Cruz. Y como habéis dicho, no hay más que un poco de alboroto, algunas piedras contra casas de judíos, y en pocos días todo vuelve a la normalidad.

—Escuchadme. En Florencia, el último año que viví

allí, durante esa época feliz con mis amigos en la corte del gran Lorenzo, en Semana Santa se lanzó una horrible acusación contra el querido hijo de Giovanni, Lionello, y se trataba de una acusación que no contenía ni una partícula de verdad.

»Savonarola había empezado a predicar, insistiendo en que la población se limpiase de sus pecados. Recomendaba quemar todo artículo que tuviese relación con la vida licenciosa. Y a sus órdenes tenía a un grupo de jóvenes, brutos todos, que intentaban hacer cumplir su voluntad. Siempre era así con los frailes. Tenían lo que habitualmente se llamaba "los chicos de los frailes".

—Nadie aprueba algo así —dijo fray Piero.

—Pero aun así se congregaban —repuso el *signore* Antonio—. Y una multitud de ellos presentó sus fantasiosas acusaciones contra Lionello, diciendo que había profanado públicamente, en tres lugares diferentes, la imagen de nuestra Santa Virgen. Como si un judío pudiese estar tan loco como para hacer algo así una sola vez. Y a él le acusaban de hacerlo tres veces. Y a instancias de los frailes y sus delirios, se decretó un triple castigo contra el joven.

»Bien, os digo que el joven era inocente. Yo conocía muy bien a Lionello. Le quería, como os he contado. ¿Qué habría impulsado a un joven de intelecto y educación, amante de la poesía y la música, a burlarse de la Madonna frente a otros, en tres lugares diferentes? Y para demostraros lo ridículo de la acusación, imaginad que hubiese cometido tal acto blasfemo en un lugar. ¿Se le habría permitido buscar un segundo y un tercero para el mismo crimen?

»Pero se trataba de una época de locura en Florencia. Savonarola ganaba poder. Los Médici perdían el suyo.

»Y por tanto se dictó sentencia contra el desafortunado Lionello, a quien yo conocía, comprended, conocía y quería como conocía y quería a Giovanni, mi profesor, conocía y quería como al amigo de mi hijo, Vitale, que se sienta aquí con nosotros.

Se detuvo como si no tuviese fuerzas para continuar. Nadie dijo nada. Y sólo entonces me di cuenta de que el fantasma había parado. No producía ningún ruido. No supe si los demás también lo habían advertido, porque todos mirábamos al *signore* Antonio.

—¿Cuál fue su sentencia? —preguntó fray Piero.

El silencio continuó. En ningún lugar del edificio se agitaba, se estremecía o se rompía nada.

Yo no iba a comentar ese hecho. En su lugar presté atención.

—Se decretó que primero Lionello fuese llevado a la esquina del hospital de Santa Maria Nuova, en San Nofri, ante la imagen que supuestamente había pintarrajeado, y allí se le cortara una mano, cosa que sucedió.

El rostro de Vitale estaba rígido, y sus labios, blancos. Y estaba claro que Niccolò se sentía horrorizado.

—Desde allí, la multitud arrastró al joven hasta la Pietà pintada en Santa Maria in Campo, donde le cortaron la otra mano. Y luego fue intención de la población arrastrarle a la tercera escena de sus supuestas transgresiones, la Madonna en Or San Michele, y allí arrancarle los ojos. Pero la multitud, ya unos dos mil, no esperó para cometer esa última abominación contra el indefenso joven, sino que la chusma lo mutiló allí mismo.

Los sacerdotes miraban al suelo. Fray Piero sacudió la cabeza.

—Que el Señor tenga piedad de su alma —dijo—. La gentuza de Florencia es mucho peor que la de Roma.

—¿Lo es? —preguntó el *signore* Antonio—. El joven, con muñones por manos, las cuencas vacías, el cuerpo mutilado, se aferró a la vida durante unos días. ¡Y en mi casa!

Niccolò bajó la vista y meneó la cabeza.

—Y yo me arrodillé junto a él con su padre desconsolado. Y fue después, después de enterrar al hermoso joven que había sido Lionello, cuando insistí en que Giovanni viniese a Roma conmigo.

»Savonarola parecía imparable. Pronto expulsarían a los judíos de Florencia. Y yo tenía muchas propiedades en Roma, y también mis relaciones con la corte del Papa, quien jamás permitiría que tal barbaridad llegase a la Ciudad Santa, o eso esperábamos, y por eso rezábamos. Así que mi maestro Giovanni, conmocionado, consternado, apenas capaz de hablar, pensar o beber agua, vino conmigo a refugiarse aquí.

—¿Y fue a ese hombre —preguntó fray Piero— al que entregasteis esta casa?

—Sí, fue a ese hombre al que entregué la biblioteca que había reunido, un estudio donde trabajar, lujos que esperaba le confortasen, y la promesa de estudiantes que vendrían a él en busca de su sabiduría tan pronto como sanase su espíritu. Los ancianos de la comunidad judía vinieron a montar la sinagoga del piso superior, para reunirse a rezar allí con Giovanni, quien estaba demasiado desconsolado para cruzar las puertas y salir a la calle.

»Pero, os pregunto, ¿cómo podría llegar a sanar un padre que ha visto tal barbaridad cometida contra su hijo?

El *signore* Antonio miró a los sacerdotes. Nos miró a Vitale y a mí. Miró a su hijo Niccolò.

—Y recordad mi alma herida —susurró—. Porque yo mismo había querido a Lionello. Era el compañero de mi corazón, Niccolò, como Vitale lo es para ti. Había sido mi tutor cuando mi maestro no tenía paciencia conmigo. Había estado allí para redactar versos conmigo en la mesa de una taberna. Era él quien tocaba el laúd como vos, Toby, y yo había visto cómo le cortaban las manos y las arrojaban a los perros como si fuesen basura, y había visto su cuerpo prácticamente despedazado antes de arrancarle los ojos al fin.

—Mejor que muriese, alma desafortunada —dijo fray Piero—. Que Dios perdone a los que hicieron algo así.

—Sí, que Dios les perdone. No sé si Giovanni podría perdonarles, o si yo podría perdonarles.

»Pero Giovanni vivió en esta casa como un fantasma. Y no un fantasma que lanza botellas contra las paredes, hace chocar las puertas, hace volar los tinteros o lanza objetos contra el suelo del sótano. Vivía como si no tuviese ya corazón. Como si no hubiese nada en su interior, mientras que yo, día y noche, hablaba de tiempos mejores, de cosas mejores, de que se casara de nuevo, ya que había perdido a su esposa hacía muchos años, de quizá tener otro hijo.

Se detuvo y agitó la cabeza.

—Quizá me equivoqué al proponerle tales cosas. Quizá le hizo más mal que bien. Sólo sé que conservó para sí unos pocos artículos preciosos, sus libros, y jamás se acomodaba en la biblioteca ni jamás comía conmigo. Finalmente renuncié a la idea de hacerle vivir de nuevo y disfrutar de la casa como su ocupante legítimo, y regresé a la mía. Venía a visitarle tan a menudo como podía sólo para encontrármelo, en la mayoría de las ocasiones, en el sótano, renuente a subir a menos que le asegurase que yo estaba solo. Los sirvientes me contaron que había ocultado sus tesoros en el sótano, y algunos de sus libros más valiosos.

»Era en esencia un hombre destrozado. En él ya no existía el estudioso. Para él el recuerdo era demasiado doloroso. El presente no existía.

»Luego, como cada año, llegó la Semana Santa y los judíos de estas calles atrancaron sus puertas y se quedaron dentro, como exige la ley. Y los brutos del vecindario, los de clase baja, los estúpidos, salieron como siempre tras los calenturientos sermones de Cuaresma, a apedrear las casas de los judíos, maldiciéndolos por haber matado a Nuestro Señor Jesucristo.

»No lo tuve en cuenta en relación con Giovanni porque ocupaba una de mis casas y jamás supuse que sufriría algún daño. Pero la noche del Viernes Santo un sirviente me llamó con urgencia. La multitud había atacado la casa y Giovanni había salido a encararse con ellos, llorando, aullando de furia, lanzándoles piedras igual que ellos le lanzaban a él.

»Mis guardias intentaron detener la confrontación. Arrastré a Giovanni de vuelta al interior.

»Pero las acciones desesperadas de Giovanni habían provocado un disturbio. Cientos de personas golpeaban paredes y puertas, amenazando con derribar el edificio.

»En la casa hay muchos lugares donde ocultarse, tras falsas paredes, escaleras y pasadizos secretos. Pero el lugar más seguro está en el sótano, bajo unas losas del suelo.

»Usando todas mis fuerzas, arrastré a Giovanni abajo. "Debes ocultarte", le dije, "hasta que logre dispersar a la multitud".

»Estaba contusionado y sangraba, con horribles cortes en cara y cabeza. Creo que no me entendió. Levanté las losas falsas que ocultan un espacio de almacenamiento subterráneo y le obligué a bajar a trompicones, y le insistí en que se quedase allí hasta que pasase el peligro. Creo que no comprendía lo que sucedía. Se resistió como un loco. Finalmente le di un golpe que le acalló. Como un niño, se tendió de lado y, recogiendo las rodillas, se llevó la mano a la cara.

»Fue en ese momento que entreví su tesoro y los libros que conservaba en ese lugar, y pensé: "está bien que estén ocultos, porque esos rufianes están a punto de tomar la casa".

»Se estremecía y gemía mientras yo volvía a colocar las losas en su sitio.

»Rompían las ventanas de la casa. Golpeaban las puertas una y otra vez. Finalmente, rodeado por sirvientes y armado lo mejor que pude, abrí la puerta y le dije a la multitud que el judío que buscaban no estaba aquí. De-jé que los cabecillas entrasen para comprobarlo por sí mismos.

»Les amenacé con una feroz respuesta si se atrevían a dañar alguna parte de mi propiedad. Y mis guardias y sirvientes los vigilaron mientras recorrían las estancias principales, bajaban al sótano y recorrían algunos dormitorios antes de partir finalmente mucho más silenciosos de lo que habían entrado. Ninguno se molestó en subir al piso superior. No vieron la sinagoga y los textos sagrados. No querían más que sangre. Querían al judío que les había plantado cara, y con él no pudieron dar.

»Una vez que la casa volvió a estar segura, bajé al sótano. Levanté las losas, deseoso de liberar a mi pobre amigo, de ayudarle, ¿y qué creéis que encontré?

—Había muerto —dijo fray Piero en voz baja.

El *signore* Antonio asintió. Luego volvió la vista, como si lo que más desease en este mundo fuese estar solo en lugar de tener que narrar su historia.

—¿Le asesiné? —preguntó—. ¿O murió a causa de los golpes infligidos por los otros? ¿Cómo saberlo? Sólo sabía que había muerto. Su sufrimiento había concluido. Y por el momento me limité a colocar las losas de nuevo en su lugar.

»Esa noche llegó otra multitud y la casa volvió a ser objeto de ataque. Pero yo la había dejado cerrada y segura, y cuando los brutos vieron que no había luces en su interior, se fueron.

»Los soldados llegaron el lunes tras la Pascua. ¿Era cierto que un judío conocido mío había atacado a cristianos durante la Semana Santa, cuando estaba prohibido que los judíos estuviesen en la calle? Les respondí de la habitual forma poco comprometedora. ¿Cómo iba yo a saber algo así? "Aquí ya no hay ningún judío. Registrad la casa si os apetece." Y eso hicieron. "Se ha ido, ha huido", insistí. Se marcharon pronto. Pero regresaron más de una vez haciendo la misma pregunta.

»Me sentía afligido por la culpa y la pena. Cuanto más reflexionaba, más me maldecía por haber sido duro con Giovanni, por haberle arrastrado al sótano, haberle golpeado para silenciarle. No soportaba lo que había hecho, y tampoco el dolor de recordar todo lo que había sucedido antes. Y de alguna forma, en mi aflicción, me atreví a echarle la culpa a él. Me atreví a culparlo de no haber podido protegerle y sanarle. Me atreví a maldecirle por la tristeza absoluta que yo había sentido.

Una vez más se detuvo y apartó la vista.

—Le dejasteis ahí, enterrado en el sótano —dijo fray Piero.

El *signore* Antonio asintió, volviendo lentamente el rostro hacia el sacerdote.

—Por supuesto, me dije que pronto me ocuparía de su sepultura. Que esperaría hasta que nadie recordase el disturbio de la Semana Santa. Que recurriría a los ancianos de su comunidad y les diría que era preciso enterrarle en paz.

—Pero nunca lo hicisteis —musitó fray Piero.

—No —admitió el *signore* Antonio—. Jamás lo hice. Cerré la casa y la abandoné. De vez en cuando la usaba para almacenar algo, muebles viejos, libros, vino, lo que hubiese que trasladar. Pero yo mismo nunca volví aquí. Ésta es la primera vez, la primera, que entro desde entonces.

Cuando quedó claro que se había detenido de nuevo, dije en voz baja:

—El fantasma está tranquilo. Se ha tranquilizado cuando habéis empezado a hablar.

El *signore* Antonio agachó la cabeza y se llevó la mano a los ojos. Pensé que iba a echarse a sollozar, pero se limitó a tomar aliento entrecortadamente y siguió:

—Siempre pensé que algún día me ocuparía de todo. Que haría que los suyos rezasen por él las plegarias adecuadas. Pero jamás lo hice.

»Antes de fin de año me había casado. Empecé con los viajes. A lo largo de los años mi mujer y yo enterramos a más de un hijo, pero mi querido hijo Niccolò, al que veis aquí, ha burlado a la muerte en más de una ocasión. Sí, más de una vez. Y siempre había alguna razón para no acercarse a la casa abandonada, para no remover el polvo del sótano, para no enfrentarse a las preguntas de los judíos sobre su viejo amigo y estudioso Giovanni, para no explicar por qué había hecho lo que había hecho.

—Pero no le asesinasteis —dijo fray Piero—. No fue cosa vuestra.

—No —reconoció el *signore* Antonio—, pero igualmente fue asesinado.

El sacerdote suspiró y asintió.

El *signore* Antonio miró a Vitale.

—Cuando te conocí, te quise de inmediato —dijo—. No te puedes imaginar el placer que me dio traerte a la vieja casa, mostrarte la sinagoga y la biblioteca, y ofrecerte tantos de los libros de Giovanni.

Vitale asintió con seriedad. Tenía lágrimas en los ojos.

El *signore* Antonio hizo una pausa. Luego volvió a hablar.

—Me pregunté si a mi viejo amigo le agradaría que vivieses bajo el viejo techo, si le agradaría que estuvieses repasando sus libros. Y en más de una ocasión me pregunté si te pediría que rezases por el alma del estudioso que antes había vivido en la casa.

—Rezaré por él —susurró Vitale.

El *signore* Antonio miró a fray Piero.

—¿Todavía insistís en que un demonio recorre esta casa, un *dybbuk* judío? ¿O comprendéis ahora que se trata del fantasma de mi viejo amigo cuyo recuerdo consigné al olvido porque no soportaba su dolor ni el mío?

El sacerdote no respondió.

El *signore* Antonio me miró. Supuse que quería pedirme que les diese la descripción del fantasma, pero no lo hizo. No quería condenarme por ver espíritus o hablar con ellos. Nada dije.

—¿Por qué no consideré la verdad de todo esto desde un principio? —preguntó, mirando de nuevo a fray Piero—. ¿Y quién se encarga ahora, justamente, de garantizar que los restos de mi viejo amigo descansen adecuadamente en paz?

Guardamos silencio un buen rato. Fray Piero hizo el signo de la cruz y murmuró una plegaria.

Finalmente el *signore* Antonio se puso en pie y todos lo imitamos.

—Traed luz —dijo a los sirvientes, y le seguimos para salir del comedor e ir al piso principal.

Allí tomó un candelabro de la mano de Pico y, tras abrir la puerta del sótano, inició el descenso.

La escena era todavía peor que horas antes, cuando yo había ido en busca del fantasma. Todos los muebles se encontraban despedazados en trozos grandes y pequeños. Todos los libros estaban destrozados. Varias barricas, aparentemente vacías, habían sido abiertas, y por todas partes relucían trozos de vidrio.

No se oía ningún sonido fuera de lo habitual. De hecho, no se oía nada excepto nuestra respiración y los pasos lentos del *signore* Antonio al acercarse al lugar donde yo había visto al fantasma.

Dio orden de que despejasen el suelo. De inmediato sirvientes y guardias lo limpiaron. Sus propias botas indicaron las losas huecas del suelo.

Rápidamente, con los dedos, levantaron las piedras y liberaron el espacio que había debajo.

Y allí, a la luz del candelabro, a la vista de todos, se encontraba el pequeño esqueleto de un hombre, una cadena suelta de huesos que se mantenían unidos por unos restos de ropa podrida.

A su alrededor, en paquetes, se encontraban sus libros más preciados. Y junto a ellos, sus sacos de tesoro. Cómo debió de sufrir en ese diminuto lugar, llorando, herido, sin recibir ayuda. Los huesos lo dejaban claro. Los huesos de la mano que se levantaban para agarrar el fardo que servía para apoyar la cabeza, y los huesos que intentaban abrazar por siempre el precioso libro que tenía a su lado.

Qué pequeño y frágil era el cráneo. Y cómo relucían los pequeños anteojos a la luz.

12

Esa tarde se invitó a los ancianos judíos a venir a la casa. El *signore* Antonio les recibió en privado, dejando que Niccolò, Vitale y yo nos quedásemos juntos.

Esa noche se trajo un ataúd para los restos de Giovanni, y fue acompañado por los ancianos judíos portando antorchas durante el largo camino al cementerio judío, donde enterraron sus restos. Se dijeron todas las plegarias como se suponía que debía ser.

A ningún rufián se le permitió hostigar a la procesión fúnebre. Y ya era tarde cuando regresamos a la casa por fin en silencio. Era como si el fantasma nunca hubiese estado allí. Los sirvientes todavía barrían pasillos y escaleras, a pesar de la hora, y en muchas habitaciones había velas encendidas.

El *signore* Antonio convocó a Vitale para que fuese con él a la biblioteca, y allí le dijo, como Vitale me contaría más tarde, que la fortuna de Giovanni había sido dividida en dos mitades, una para los ancianos judíos y la otra para Vitale, quien no sólo rezaría por el alma de Giovanni y conmemoraría su muerte de todas las formas aceptables, sino que iniciaría la recopilación y restauración de los muchos trabajos literarios de Giovanni. El *signore* Antonio disponía de copias de muchos de esos libros, y Vitale localizaría aquellos que se hubiesen perdido. A partir de ahora tal sería la labor principal de Vitale para con el *signore* Antonio.

Mientras tanto, Niccolò ocuparía la casa, tal como se había planeado, y Vitale retomaría su labor como secretario.

En otras palabras, la plegaria de Vitale había tenido respuesta, y en algunos aspectos, también las oraciones de la sinagoga, ya que ahora estaba, gracias a la herencia de Giovanni, de camino a convertirse en un hombre rico.

Sabía que mi tiempo iba acabándose. De hecho, no sabía por qué Malaquías no había venido ya a por mí.

Visité al *signore* Antonio en su casa justo cuando se iba a la cama, y le conté que pronto me iría, ya que mi labor había terminado.

Me dedicó una mirada larga y significativa. Sabía que quería preguntarme cómo y por qué había visto el espíritu de Giovanni, pero no lo hizo, ya que se trataba de una cuestión peligrosa en Roma, y estaba dispuesto a no removerla. Quería expresarle lo mucho que lamentaba que Ludovico hubiese acabado con su propia vida. Intenté pensar cómo decírselo, pero no pude. Finalmente, extendí los brazos y él me abrazó sin vacilar, agradeciéndome todo lo que había hecho.

—Sabéis que podéis quedaros todo lo que queráis —dijo—. Me encanta tener a un laudista en casa. Y me encantaría oír todas vuestras canciones. De no estar de luto por Ludovico, os rogaría que me tocaseis algo ahora mismo. Pero lo importante es que podéis quedaros con nosotros. ¿Por qué no lo hacéis?

Hablaba con sinceridad y durante un momento no se me ocurrió respuesta. Lo miré. Pensé en todo lo sucedido durante esos dos días, y me dio la impresión de conocerle desde hacía años. Experimenté el mismo dolor que durante mi primera misión para Malaquías, cuando me había sentido cerca de la gente de Inglaterra a la que me habían enviado para ayudar.

Pensé en Liona y en el pequeño Toby, y en la garantía de Malaquías de que yo sabía amar. Si tal cosa era cierta, se trataba de un descubrimiento reciente; todavía era un terrible novato en el amor y de alguna forma tendría que compensar diez años de amargura e incapacidad de amar a nadie. En cualquier caso, quería a ese hombre y no quería irme. Por mucho que desease regresar con Liona y Toby, no quería irme.

Niccolò dormía cuando entré en su cuarto y mi despedida fue un simple beso en la frente. Le había vuelto el color y dormía bien y profundamente.

Cuando regresé a la otra casa, me encontré a Vitale en la biblioteca, donde habíamos hablado inicialmente. Ya leía algunas de las traducciones de Giovanni y tenía un montón de libros preparados para su examen.

Los volúmenes recuperados en el sótano estaban muy

dañados por el moho y la humedad, pero podía descifrar bastante bien los títulos y los temas, y buscaría copias por todas partes. Ahora estaba ocupado con la vida de Giovanni y sus logros, y hablaba de localizar a otros que en el pasado hubiesen sido alumnos de Giovanni.

Resultó que el viejo Pico le había contado lo de nuestra visita a la casa durante la madrugada, y que había oído mi conversación con el fantasma y luego con el *signore* Antonio, cuando le había descrito detalladamente al fantasma. Así que Vitale lo sabía todo.

Dijo que, de no haber sido por mí, la Inquisición le habría condenado. De eso era más que consciente.

—Nunca fue responsabilidad vuestra. Nada de esto —le recordé.

Estaba sentado estremeciéndose, como si no acabara de sacarse de la cabeza el peligro anterior.

—Pero mi plegaria, mi plegaria pidiendo fama y fortuna, ¿creéis que de esa manera desperté al espíritu?

—Fue abrir la casa lo que despertó al espíritu —dije—. Y ahora el espíritu ha encontrado la paz.

Al abrazarnos, estuve a punto de llorar.

Cerca de la medianoche, con todos dormidos, subí a la sinagoga, recogí del suelo el laúd y en la oscuridad me senté en uno de los bancos, preguntándome qué hacer.

Los sirvientes habían limpiado, retirado los candelabros rotos y el polvo. Eso lo podía ver por la poca luz que llegaba desde la antorcha en la escalera.

Me senté preguntándome por qué seguía allí. Me había despedido porque había sentido el deseo de hacerlo, la seguridad de que eso era lo correcto, pero no sabía qué hacer entonces.

Finalmente, decidí abandonar la casa.

Sólo Pico hacía guardia en la puerta principal. Le entregué la mayor parte del oro que llevaba en los bolsillos. Él no lo quería, pero insistí.

Me guardé sólo lo que podría hacerme falta para encontrar un lugar cálido en una taberna donde pudiese escuchar música y aguardar con la esperanza de que Malaquías viniese pronto a por mí, como tenía la persistente impresión de que sucedería.

Pronto, caminaba muy lejos de la parte de la ciudad que conocía, recorriendo calles oscuras donde rara vez ladraba un perro o una figura encapuchada pasaba a toda prisa. Me pesaban las reflexiones. El fracaso en salvar a Ludovico me resultaba una carga inmensa sin que me aliviara recordar que el Hacedor conocía los corazones y las mentes de todos nosotros, y que Él y sólo Él podía juzgar la tristeza, la confusión o el veneno que había llevado a Ludovico por ese sendero tenebroso. Más que nunca fui consciente de que lo que sabemos de la salvación de otra alma es esencialmente nada. No dejamos de pensar y hablar sobre nuestras almas, y de nuestras propias almas no sabemos lo que el Hacedor conoce.

Aun así, me asombraba no haber previsto su suicidio. Pensé en mí mismo cuando era más joven, y en cuántas ocasiones había sentido la tentación de acabar con mi vida. Hubo meses, incluso años, en que me obsesionaba la posibilidad del suicidio, hasta momentos en los que había planificado mi muerte incluyendo la desaparición de los restos. Es más, cada vez que había completado un asesinato para el Hombre Justo, enviando con habilidad a otra alma a lo desconocido, había sentido la tentación del suicidio, por lo que era milagroso que hubiese sobrevivido. ¿Cuál habría sido la suma total de mi vida de haber dado ese paso? De pronto casi lloraba de gratitud por haber recibido la oportunidad de hacer algo, lo que fuese, bueno. Lo que fuese, me susurré mientras caminaba, cualquier acto bueno. Vitale y Niccolò estaban vivos y con buena salud. Y aparentemente el alma de Giovanni había encontrado su descanso. Si yo había tenido algo de parte en todo eso, estaba demasiado agradecido para expresarlo con palabras. Por tanto, ¿por qué lloraba? ¿Por qué estaba tan triste? ¿Por qué no dejaba de ver a Ludovico muriendo con el veneno en la boca? No, no era una victoria perfecta. Nada más lejos de la realidad.

Y quedaban Ankanoc, el verdadero *dybbuk* de esta aventura, y sus palabras, que todavía resonaban en mi mente. A partir de ahora, ¿cuándo y cómo tendría que lidiar con Ankanoc? Evidentemente, había sido una estupidez por mi parte pensar que vería ángeles pero no demonios, que unos no daban por supuesto los otros, y que algún personaje siniestro no intentaría ser algo más que una voz negativa dentro de mi cabeza. Aun así, no era algo que hubiese esperado. No, no lo había previsto. Y todavía no sabía cómo tomármelo. El hecho era que creía en Dios y siempre lo había hecho, pero no estaba seguro de si alguna vez había creído realmente en el Diablo.

No podía sacarme de la cabeza el rostro de Anka-noc, aquella expresión encantadora y agridulce. Seguro que antes de la Caída había sido un ángel tan hermoso como Malaquías, o eso parecía. Sorprendía pensar en el vasto y extenso firmamento con sus ángeles y demonios, un mundo al que ahora yo pertenecía con más seguridad que a cualquier otro mundo que hubiese conocido.

Empezaba a cansarme. ¿Por qué no aparecía Malaquías? Quizá porque mi corazón ansiaba una pequeña experiencia: dar con una taberna alegre, rebosante de risas y luz, donde ahora mismo no tocase nadie el laúd.

Al fin di con un lugar alegre y vital, con las puertas abiertas de par en par a la noche. Un fuego ardía en la tosca chimenea, y mesas y bancos toscos estaban ocupados por jóvenes y viejos, ricos y pobres, muchos con relucientes rostros sudorosos, algunos con las cabezas gachas, dormitando en las sombras, y había incluso niños dormidos en los regazos de sus padres, o envueltos en trapos sobre el suelo polvoriento.

Cuando aparecí con el laúd, la multitud emitió un grito de júbilo. Levantaron las copas a modo de saludo. Hice una reverencia y me dirigí a una mesa en la esquina, donde depositaron dos jarras de cerveza para mí.

—¡Tocad, tocad, tocad! —me instaban.

Cerré los ojos y respiré hondo. Qué dulce olía el vino, qué deliciosa la cerveza. Y qué cálido resultaba el aire, repleto de risas y charlas. Abrí los ojos. Al otro lado de la taberna estaba sentado Ankanoc, con el mismo aspecto que en el banquete del cardenal, mirándome con lágrimas en los ojos.

Sacudí la cabeza negando lo que me ofrecía y me dispuse a responderle de la mejor forma que conocía: con una canción.

Empecé a rasguear y luego a tocar, y en un momento todos cantaban conmigo, aunque yo no sabía cuál era la canción y cómo la conocían ellos. Ahora podía tocar con facilidad todas las melodías que había oído durante mi misión, y me pareció que era más feliz en este momento, rodeado por esos cantores toscos y osados, de lo que lo había sido en todo mi extraño paso por esa época, y quizá por cualquier otra. Ah, somos criaturas rotas, pero cómo aguantamos.

Efectivamente, recuerdos profundos y tenebrosos emergieron a la superficie, recuerdos que no eran de ese mundo, sino de un mundo que había abandonado hacía mucho tiempo, cuando sólo era un muchacho y me ponía en la esquina de una calle y tocaba aquellas viejas canciones del Renacimiento a cambio de las monedas que los peatones arrojaran a mis pies. Sentí tanta pena por aquel muchacho, por su amargura, por los errores que iba a cometer... Sentí pena de que hubiese vivido tanto tiempo con el corazón cerrado y la conciencia destrozada, afilando la amargura de su vida con los recuerdos del dolor que llevaba consigo todos los días. Y luego me asombré de que durante tanto tiempo la semilla del bien hubiese permanecido dormida en su interior, esperando el aliento de un ángel.

Ankanoc se había ido, aunque ignoraba cómo y adónde. A mi alrededor sólo había rostros alegres. La gente seguía el ritmo con las palmas y los pies. Canté algunos viejos versos que recordaba, pero más bien tocaba para que cantasen ellos a medida que mi laúd desgranaba melodías que no había oído nunca.

Y seguí tocando hasta que mi alma quedó colmada del calor y el amor que me rodeaban, colmada de la luz del fuego y la luz de tantos rostros, colmada con el sonido del laúd y las palabras que se transformaban en música, y luego dio la impresión... justo en medio de mi canción más audaz, más melódica, rítmica, dulce y atrevida, sentí el aire cambiar y la luz hacerse más intensa, y supe, supe que todos esos rostros que me rodeaban se transformaban en algo incorpóreo, en notas musicales, y era una música de la cual yo no era más que una ínfima parte. Y la música ganaba cada vez más fuerza.

—Malaquías, lloro —susurré—. No quiero dejarles.

Una risa colectiva rompió dulcemente la oscuridad que me rodeaba y se elevó como si fuese el núcleo de una melodía, completa y entera, destinada a mezclarse con otras.

—Malaquías —susurré.

Y sentí sus brazos rodeándome. Lo sentí acunándome al elevarme. La música estaba formaba por espacio y tiempo, y parecía que cada nota era una boca de la que surgía otra boca y otra, y otra.

Me acunaba mientras me elevaba.

—¿Les amaré siempre tanto? ¿Odiaré siempre abandonarles? ¿Eso forma parte del proceso, parte de lo que tengo que sufrir?

Pero la palabra «sufrir» no era la correcta, porque todo había sido demasiado excelso, demasiado espléndido, demasiado dorado. Y sus labios me lo recordaron al oído, empleando los tonos más dulces.

—Has hecho bien, y ahora sabes que hay otros que te esperan.

—Ésta es la escuela del amor —dije—, y cada lección es más profunda, compleja y mejor que la anterior.

Tuve una visión del amor; comprendí que no era una cosa, sino una inmensa combinación de cosas claras y cosas oscuras, intensas y dulces, y mi corazón se rompió mientras la pregunta surgía de mis labios.

Pero no hubo respuesta. Excepto los himnos del Cielo.

13

Alguien me zarandeaba. Me desperté, abandonando una pesadilla. Shmarya estaba allí, en la oscuridad, dando la espalda a la tenue luz que entraba por la ventana. Las calles estaban a oscuras.

—Llevas veinticuatro horas dormido —dijo.

Nos hallábamos en mi habitación de la Posada de la Misión y yo estaba tendido sobre la colcha arrugada, mis ropas, retorcidas y húmedas, mi cuerpo, un amasijo de músculos doloridos. La habitación estaba fría.

La pesadilla se aferró a mí: rebosante de todas las pistas de los sueños, los cambios incoherentes, los rostros distorsionados, los trasfondos absurdos e incompletos. Era completamente diferente a la claridad del Tiempo de los Ángeles.

Intenté oír de nuevo el canto de los ángeles, pero no había más que ecos distantes, y un fragmento de la pesadilla se elevó para bloquearlos.

Ankanoc había estado discutiendo conmigo sobre el suicidio de Ludovico.

—Según tu sistema —repetía una y otra vez—, esa pobre alma está destinada al ardiente Infierno. Pero tal lugar no existe. Su alma se reencarnará y tendrá que aprender lo que no logró aprender la primera vez. —Yo había visto el ardiente Infierno. Había oído los gritos de los condenados. Ankanoc seguía riendo—. ¿Crees que soy el Diablo? ¿Por qué iba a querer vivir en un lugar así? —Una sonrisa burlona y luego una expresión rígida—. ¿Crees que te visitan los ángeles del Señor? ¿Por qué iban a atormentarte tantas cosas? Si tu Dios personal te ha perdonado, si realmente te has vuelto hacia Él, ¿no te habría llenado el Espíritu Santo de consuelo y luz? No, no sabes nada de los Espíritus Celestiales. Pero no permitas que eso te asuste. Bienvenido a la Especie Humana.

Me senté, incliné la cabeza y recé.

—Señor, apártame de la tentación.

Me sentía mareado y sediento. La sensación de haber fracasado, de haber permitido la muerte de Ludovico era ahora tan intensa como lo había sido en Roma. Y me sentía furioso. Furioso de que Ankanoc hubiese venido a mi mundo, a mis sueños, a mis pensamientos.

«Si tu Dios personal te ha perdonado, si realmente te has vuelto hacia Él, ¿no te habría llenado el Espíritu Santo de consuelo y luz?»

—Ya ha terminado —dijo Shmarya. Poseía una voz agradable y tranquila, resonante pero juvenil, y vestía como vestía yo, con una camisa azul de algodón y pantalones caqui.

Me ayudó a salir de la cama. Fui a la ventana y miré la hora. Las dos de la madrugada. Las farolas de la calle eran la única iluminación.

Me llegaban múltiples recuerdos de mi estancia en Roma, invadiendo los fragmentos de la pesadilla.

—¡Que el sueño se vaya, por favor! —susurré.

Para mi sorpresa, noté la mano de Shmarya en el hombro. Nos miramos a los ojos. «Le he fallado a Ludovico. Ése escapó.»

—Deja de resistirte —dijo. Su expresión era de inocencia, pero al hablar su ceño se frunció un momento—. El alma de ese hombre no está en tus manos.

—El Hacedor debe de saberlo todo —dije con voz rota. Podía oír la risa de Ankanoc, pero no era más que un recuerdo. Shmarya estaba aquí—. Y el Hacedor es el único que puede juzgar.

Asintió.

—¿Dónde está el Jefe? —pregunté, refiriéndome a Malaquías.

—Pronto vendrá. Ahora tienes que cuidar de ti mismo.

—Tengo la sensación de que no te cae bien.

—Le amo —se limitó a decir—. Eso ya lo sabes. Pero no estamos siempre de acuerdo. Después de todo, soy tu ángel de la guarda. Mi tarea es sencilla. Eres mi protegido.

—¿Y Malaquías?

—Una vez más, conoces la respuesta a esa pregunta. Es un serafín. Se le envía a responder las plegarias de muchos. Sabe cosas que yo no puedo saber. Él hace cosas que a mí no se me pide hacer.

—Pero creía que todos lo sabíais todo —dije tontamente.

Negó con la cabeza.

—Entonces, ¿no puedes decirme si Ludovico ha ido o no al Infierno? —insistí.

Negó con la cabeza.

Asentí. Bajé las persianas y encendí la lamparita de la mesilla de noche.

Fue muy tranquilizador verlo completamente a la luz. Parecía tan sólido como cualquier otro objeto. Quería tocarle, pero no lo hice, y luego recordé que él acababa de tocarme a mí.

No podía leer en sus ojos azules, o la forma relajada en que me miraba. Enarcó ligeramente las cejas y luego susurró:

—Confía en el Hacedor. Lo que tú o yo pensemos no determina que un hombre vaya al Infierno.

—¿Sabes por qué estoy furioso? —Asintió. Proseguí—: Porque antes de verle quitarse la vida yo no creía en el Infierno. No creía en el Diablo ni en los demonios, y cuando regresé a Dios no fue por temor al Infierno. —Asintió—. Y ahora está Ankanoc y está el Infierno.

Reflexionó y luego se encogió de hombros.

—En el pasado ya has oído las voces del mal —dijo—. Siempre has conocido la naturaleza del mal. Nunca te mentiste a ti mismo.

—Así es. Pero siempre pensé que las voces provenían

de mi interior. Creía que todo el mal que había presenciado provenía del interior de los individuos, que los demonios y el Infierno eran invenciones ancestrales. Me sentí convertirme en mal al robar la primera vida humana. Me sentí volverme todavía más malvado cuando seguí matando. Puedo vivir con el mal de mi interior, porque pude arrepentirme. Pero ahora está Ankanoc, un *dybbuk*, y no quiero creer en algo así.

—¿Realmente cambia tanto la situación?

—¿No debería?

—¿Cómo medimos el mal? Por lo que el mal hace, ¿no es así? —Y añadió—: Nada ha cambiado. Has renunciado a la vida de Lucky el Zorro, eso es lo importante. Eres un Hijo de los Ángeles. Una filosofía del mal no altera esos hechos.

Asentí. Pero no me resultó demasiado tranquilizador, por cierto que fuese. Me asaltó una oleada de mareo. Y la sed era acuciante.

Fui a la nevera de la zona de cocina, encontré una botella de refresco y me la bebí de varios tragos. El simple placer sensorial de ese acto me tranquilizó y me hizo sentir menos avergonzado. «Los pensamientos abstractos ceden fácilmente ante los consuelos físicos», pensé.

—¿A veces no nos odias? —le pregunté.

—Nunca, y ya lo sabes.

—¿Intentas persuadirme para que te haga preguntas reales en lugar de preguntas retóricas?

Rio. Una risa breve y agradable.

La cafeína del refresco se me iba a la cabeza.

Recorrí las otras ventanas, una a una, y eché las cortinas. Luego encendí las lámparas de la mesa y la mesilla. Ahora la habitación parecía un poco más segura. Subí la calefacción.

—No te marcharás, ¿verdad? —pregunté.

—Nunca te abandonaré —dijo con los brazos cruzados. Se apoyaba en la pared junto a la ventana, mirándome desde el otro lado de la habitación.

Pese a que era pelirrojo, sus cejas tenían un tono más dorado, aunque suficientemente oscuro como para dotar a su expresión de un carácter definido. Llevaba zapatos como los míos, pero no tenía reloj de pulsera.

—¡Me refiero a que no te harás invisible! —dije, acompañando las palabras de un gesto con ambas manos—. Te quedarás hasta que me duche y me cambie de ropa, ¿vale?

—Tienes cosas que hacer. Si te distraigo, debería irme.

—No puedo llamar a Liona a esta hora —dije—. Duerme.

—Pero ¿qué hiciste la última vez que regresaste?

—Investigar, escribir. Redacté todo lo sucedido. Investigué detalles históricos de lo que había entrevisto. Pero ya sabes que el Jefe jamás me permitirá enseñar esos textos. El pequeño sueño de redactarlo todo, de ser un autor, de publicar libros, se ha esfumado.

Volví a pensar en cómo me había jactado ante mi antiguo jefe, el Hombre Justo, de que escribiría esa gran «situación» que me había acontecido, y cómo había dado un giro a mi vida. Le dije que prestase atención a las librerías, que algún día podría encontrar mi nombre en la portada de un libro. Ahora me resultaba tonto y vanidoso. También recordaba haberle dicho mi verdadero nombre, y me gustaría no haberlo hecho. ¿Por qué había tenido que decirle que su asesino de confianza, Lucky el Zorro, se llamaba realmente Toby O'Dare?

Por mi mente pasaron las imágenes de Liona y Toby.

Recordé aquellas horribles palabras de Ankanoc: «¿No te habría llenado el Espíritu Santo de consuelo y luz?»

Bien, me había sentido rebosante de consuelo y luz al decirle todo eso al Hombre Justo, y ahora me sentía confuso. No me importaba tanto no contarle nunca a nadie mis actividades para Malaquías. Un Hijo de los Ángeles debe guardar en secreto lo que hace si eso es lo que se espera de él, de la misma forma que el secreto era algo que se esperaba de mí cuando era asesino para el Hombre Justo. ¿Cómo iba a dar a los ángeles menos de lo que había dado al Hombre Justo? Pero había más. Una inquietud y una confusión. Sentía miedo. Estaba en presencia de un ángel visible y sentía miedo. No era abrumador, pero dolía, como si alguien me sometiese a una corriente eléctrica lo suficientemente potente para quemarme.

Cogí otro refresco frío, aunque todavía seguía sintiendo frío, y bebí un sorbo.

Me senté en la silla que había junto al escritorio.

—Vale, no nos odias, claro que no —dije—. Pero seguro que os impacientáis con nosotros, con nuestra búsqueda continua de soluciones simples.

Sonrió como si le gustase mi forma de expresar la idea.

—¿Qué sentido tendría impacientarme? —preguntó—. De hecho, ¿qué sentido tiene que discutas mis pensamientos y emociones? —Volvió a encogerse de hombros.

—No comprendo cuándo y cómo intervenís, y cuándo y cómo no lo hacéis.

—Ah, ahora sí que tenemos una pregunta válida. Y puedo ofrecerte una respuesta —respondió con calma. Su voz era tan tranquila como la de Malaquías, pero sonaba más joven, casi como de niño. Era como un niño hablando con el esmero de un hombre adulto—. Lo que importa es tu libre albedrío —explicó—, y jamás interferiremos en él. Por lo que decimos o hacemos, o la forma en que aparecemos, siempre nos guiamos por ese imperativo: que tienes libre albedrío para actuar.

Asentí. Me acabé el segundo refresco. Sentía como si mi cuerpo fuese una esponja.

—De acuerdo —dije—, pero Malaquías me mostró toda mi vida.

—Te mostró tu pasado —me corrigió—. Lo que ahora te incomoda es el futuro. Hablas conmigo pero piensas en una multitud de cosas, todas relacionadas con el futuro. Te preguntas cuándo y cómo volverás a ver a Liona y qué sucederá en ese momento. Piensas en todo lo que tienes que hacer en este mundo para borrar todo rastro de tu odioso pasado como Lucky el Zorro. No quieres que tus acciones del pasado dañen jamás a Liona y a Toby. Y te preguntas por qué esta última misión que te asignó Malaquías fue tan diferente de la primera, y qué podría implicar la siguiente.

Lo que era perfectamente cierto. Mi mente no dejaba de dar vueltas frenéticamente a esa pregunta.

—¿Por dónde empiezo? —pregunté.

Pero lo sabía bien.

Fui al baño y me di la ducha más larga de mi historia personal. Y parecía que mi historia personal consumía mis pensamientos. Liona y Toby. ¿Qué me exigía hacer a continuación su presencia en mi vida? No era llamarles o comprobar cómo andaban, o visitarles. Es decir, ¿qué exigía de mí en relación con mi horrible pasado? ¿Qué tenía que hacer Lucky el Zorro con respecto a ese pasado?

Me afeité y me vestí con una camisa azul y vaqueros planchados. Sentía el pequeño deseo malévolo de comprobar si mi ángel de la guarda se cambiaría de ropa por simple reflejo e imitación.

Pero no lo hice. Al salir estaba sentado en el sillón junto a la chimenea, y miraba la chimenea vacía.

—Tienes razón —le dije como si no hubiésemos dejado de hablar—. Quiero conocer todas las respuestas con respecto al futuro, y en cuanto al futuro, debo recordar que no estáis aquí para ponérmelo fácil.

—Bien, en cierta forma sí que lo estamos y en cierta forma no. Pero ahora tienes cosas que hacer y deberías ocuparte de ellas. Repite lo que más te benefició antes.

Tenía las cejas ligeramente inclinadas, sus ojos moviéndose muy poco pero de continuo, como si al observarme estuviese apreciando una cantidad inmensa de movimientos y detalles que yo no podía comprender.

—Inviertes demasiado tiempo examinando nuestros

rostros —dijo—. Nunca podrás comprendernos por ese camino. Ni aun queriéndolo podría explicarte nuestra forma de pensar.

—¿Tu expresión facial puede engañar o mentir?

—No —respondió con una sonrisa plácida.

—¿Disfrutas siendo visible para mí?

—Sí —afirmó—. Disfrutamos del universo físico. Siempre lo hemos hecho. Disfrutamos de vuestra materialidad. Nos resulta interesante.

—¿Disfrutas hablándome de forma que yo escuche realmente tu voz? —pregunté—. ¿Te gusta de verdad?

—Sí. Me gusta mucho.

—Debes de haber pasado unos diez años terribles cuando era asesino —añadí.

Rio sin emitir sonido, y elevó los ojos al cielo. Luego me miró.

—No fue mi mejor época —dijo—. Debo admitirlo.

Asentí, como si le hubiese pillado admitiendo algo asombroso, cuando realmente no le había pillado en nada.

Fui a la zona de la cocina y me preparé café. Luego, con la primera taza del día tal como me apetecía, me volví hacia él y bebí la caliente infusión, saboreando el calor de la misma forma que antes había saboreado el frío del refresco.

—¿Por qué se le permitió a Ankanoc que me probase? —pregunté—. ¿Por qué se le permitió desviarme en Roma?

—¿Me lo preguntas a *mí*? —respondió. Otro encogimiento de hombros—. Los ángeles especiales van con los que poseen un destino especial. Y los demonios especiales apuntan de forma especial a esos mismos individuos.

—Así que volverá —dije—. Jamás renunciará.

Reflexionó y me indicó que no podía responder. Un simple gesto de las manos y un ligero alzamiento de las cejas.

—¿Qué aprendiste sobre él? —preguntó.

—Para atacarme escogió el camino de la razón. Viejos argumentos y teorías que yo ya conocía. Se adentró en la filosofía New Age, en testimonios de viajes astrales y extracorpóreos, de personas que afirman haber tenido experiencias cercanas a la muerte. Pero se excedió. Lo importante es que atacó mi fe por medio de la razón, en lugar de centrarse en mi limitado autocontrol.

Volvió a sumirse en sus pensamientos o en algo similar. Parecía tener mi edad, pero no lograba imaginar por qué había decidido aparecer como pelirrojo, y su cuerpo parecía algo más ancho que el de Malaquías. Detalles que debían de tener su significado, pero ¿cuál? Podría haber reglas, todo un vasto sistema, pero podrían ser demasiado complejas e intrincadas para mi comprensión.

De pronto habló, recuperándome para la conversación.

—Hay una vieja historia —dijo— sobre un santo que en una ocasión comentó: «Incluso cuando el Príncipe de las Tinieblas adopta la forma de un ángel de la luz; lo reconoceréis por su cola de reptil.»

Reí.

—Lo había oído —dije—. Conocí a ese ángel, y puedo asegurarte que Ankanoc no tenía cola de reptil.

—Pero aun así se delató. Te diste cuenta pronto por su forma de hablar, por los comentarios desfavorables que hizo sobre los seres humanos.

—Es verdad. Y también por su forma de emplear los puntos de vista de la New Age para tratar cuestiones de vida, muerte y por qué estamos aquí. Lo fascinante de esos puntos de vista es que los han propuesto toda una variedad de pensadores, de forma que ciertos patrones surgen de pioneros psíquicos de todo el mundo. Pero Ankanoc los trataba como si fuesen dogmas e intentó hacérmelos tragar.

—Tenlo presente —dijo—. No importa lo que haga o diga, siempre se delatará. Los demonios están demasiado rebosantes de odio y furia y eso les impide ser muy listos. No los sobreestimes. Eso podría ser un error tan grande como subestimarlos. Y si le llamas por su nombre, está obligado a responderte, por lo que no es probable que vuelva a intentar disfrazarse.

—Así que dices que los demonios no son tan listos como los ángeles.

—Quizá podrían serlo —dijo—, pero su estado mental interfiere en su inteligencia. Interfiere en sus observaciones y conclusiones. Interfiere en todo lo que hacen. La suya es una situación odiosa. Se niegan a aceptar que han perdido.

Qué hermosa frase. Me gustó. Me gustaba lo que tenía de acertijo y lo que tenía de verdad.

—¿Le conoces personalmente? —pregunté.

—¿Personalmente? —estalló en carcajadas—. ¡Personalmente! —repitió sonriendo—. Toby, eres un joven fascinante. No, no le conozco personalmente. No creo ni que me diese la hora. —Sonrió de nuevo—. No piensa que tenga que preocuparse de mí, un «simple ángel de la guarda». Es Malaquías el que le pone frenético. Tiene mucho que aprender.

—Así que después del trabajo, por ejemplo, cuando yo duermo, tú y Ankanoc no os vais juntos a una cafetería del Tiempo de los Ángeles a tomar algo.

—No —dijo riendo otra vez—. Y yo no dejo de trabajar cuando duermes, ya puestos. Probablemente ya lo sepas bien.

—¿Estabas allí conmigo, en Roma? —pregunté.

—Sí, por supuesto. Siempre estoy contigo. Soy tu ángel de la guarda, ya te lo dije. He estado contigo desde el día que naciste.

—Pero en Roma, ¿no podías venir a mí, aparecerte a mí, ayudarme?

—¿Tú qué crees?

—Oh, otra vez no. Los ángeles no dejáis de devolverme las preguntas.

—¡Así es! —susurró—. Pero los dos sabemos al menos una razón para que estés tan inquieto. Te enfurece que no haya acudido en tu ayuda. Pero Malaquías sí acudió, ¿no es así?

—Al final, sí —respondí—. Vino a mí cuando todo había terminado. Pero ¿no podríais haberme dado alguna pista de que esa criatura estaba atacándome con medidas extraordinarias?

Se encogió de hombros.

—¿Estás obligado a someterte a los deseos de Malaquías?

—Es una forma de expresarlo —dijo—. Malaquías es un serafín. Yo no.

—¿Por qué estás aquí ahora? —pregunté.

—Porque me necesitas y tú quieres que esté aquí, y te sientes inquieto y tus ideas de qué hacer a continuación todavía no tienen forma. Al menos, eso es una parte. Pero creo que es hora de que te pongas a hacer lo que hiciste tras tu última misión. Así que quizá debería irme.

—Me gustaría que fueses siempre visible.

—Crees que eso es lo que te gustaría. Tienes mala memoria. No estoy aquí para interferir en tu vida humana.

—¿Los Hijos de los Ángeles pueden sentirse solos? —pregunté.

—Te sientes solo, ¿no es así? ¿Crees que algo de compañía angelical puede expulsar el deseo humano? Estamos aquí porque eres humano. Y lo serás hasta el día de tu muerte.

—Me gustaría saber qué aspecto tienes en realidad...

La atmósfera que me rodeaba cambió al instante. Fue como si una fuerza hubiese agitado toda la estancia, quizá todo el edificio, y ciertamente a mí mismo.

La habitación se desvaneció. La gravedad había desaparecido. Yo estaba de pie en ninguna parte. Un sonido inmenso llenó por completo mis oídos, un sonido vagamente similar a las reverberaciones de un gong gigantesco, y al mismo tiempo una infinita luz blanca ocupó toda mi visión, marcada por grandes manchas con siluetas de oro. Sólo podía vez la intensa luz. Tenía un núcleo, un núcleo palpitante y vibrante, del que emanaban enormes olas doradas, y de pronto se situó más allá de cualquier lenguaje que yo conociese. Rebusqué en mi mente términos para describirlo, para aferrar y retener la impresión, pero no fue posible. Había movimiento, un movimiento tremendo, algo parecido a agitaciones o erupciones. Pero esas palabras no significan nada en comparación con lo que vi. Experimenté una momentánea sensación de *reconocimiento*. Me oí exclamar boquiabierto «¡Sí!», pero todo terminó antes de haber empezado. La luz definía un espacio demasiado vasto como para que yo pudiese verlo o asirlo, pero aun así lo vi, vi sus límites inalcanzables. El sonido había adquirido un tono doloroso. La luz se contrajo y desapareció.

Yo estaba tendido en el suelo, mirando el techo abovedado. Cerré los ojos. Lo que podía reproducir en mi mente no era nada, nada, comparado con lo que acababa de ver y oír.

—Perdóname —susurré—. Debería haberlo sabido.

14

Ante todo, y sobre todo, fui al ordenador para obtener información respecto a la época de la Roma que había visitado.

No me sorprendió que en ninguno de los registros históricos apareciesen los nombres de aquellos a quienes había visitado.

Pero en más de un lugar encontré el incidente horrible y cruel sufrido en Florencia por el hijo de Giovanni. No se daban nombres, ni del hombre acusado de blasfemar contra las imágenes sagradas ni de su familia. Pero sin duda era el mismo incidente y me quedé con el recuerdo diáfano del anciano Giovanni, mirándome en la sinagoga, después de que yo dejase de tocar el laúd.

No tenía ninguna duda de que mi misión se había desarrollado entre personas de verdad. Leí las distintas fuentes sobre la época.

Pronto descubrí algo que no debería haber olvidado;

que Roma fue saqueada en 1527, cuando se perdieron miles de vidas. Algunas fuentes afirmaban que toda la comunidad judía había sido aniquilada.

Eso implicaba que en ese momento de la historia todos a los que había conocido en Roma podrían haber muerto, sólo unos nueve años después de mi visita.

Le agradecí a Dios no haber sabido esa parte de la historia mientras estaba allí. Pero lo más importante es que comprendí al instante lo que no había comprendido en toda mi vida egoísta: que es imperativo en este mundo que no conozcamos con seguridad lo que nos deparará el futuro. No podría haber presente de conocerse el futuro.

Puede que lo hubiese sabido, intelectualmente, a los doce años. Pero ahora me golpeó con una fuerza mística. Y me recordó que trataba con criaturas, Malaquías y Shmarya, que sabían mucho más del futuro de lo que yo quería conocer. No tenía sentido enfadarse con ellos o sentirse resentido cuando tenían que vivir con esa carga.

Había muchas cosas sobre las que quería reflexionar.

En su lugar, redacté un breve y conciso relato de lo que me había sucedido desde el último «informe». Anoté no sólo la historia de mi aventura romana, sino también mi encuentro con Liona y Toby y lo que había sucedido.

Al terminar se me ocurrió que había claras razones para que mi segunda misión fuese tan diferente a la primera. Durante la primera aventura, me habían enviado a hacer algo bastante simple: salvar a una familia y una comunidad de una acusación injusta. El problema que representaba lo había resuelto con duplicidad, pero no había tenido la más mínima duda de que tal era el camino correcto.

Quizás en el Tiempo de los Ángeles éstos no pudiesen animar a mentir, pero me habían dejado hacerlo, y creía saber la razón.

En este mundo muchos habían mentido para salvarse del mal y la injusticia. ¿Quién, en nuestra propia época, no habría mentido para salvar a los judíos del Holocausto a manos del Tercer Reich?

Pero mi segunda misión no había presentado una situación así. Había empleado la verdad para resolver el problema al que me enfrentaba, y había descubierto que era un camino complejo y difícil.

Por tanto, ¿podía dar por supuesto que cada misión sería más compleja que la anterior? Empezaba a reflexionar sobre esa cuestión cuando finalmente lo dejé.

Era mediodía. Llevaba diez horas despierto y gran parte de ese tiempo lo había invertido en escribir. No había comido nada. Era posible que empezase a ver ángeles que no eran reales.

Me puse la chaqueta y bajé a almorzar al restaurante de la Posada de la Misión, y seguí allí sentado, reflexionando, después de que retirasen los platos.

Bebía mi última taza de café cuando fui consciente de que un joven sentado a otra mesa me miraba, pero fingió leer el periódico cuando lo miré directamente.

Me permití mirarlo fijamente durante un rato. No parecía ni ángel ni *dybbuk*. Simplemente un hombre. Era más joven que yo y, consciente de que yo lo observaba, finalmente se levantó y se fue.

No me sorprendió encontrármelo en el vestíbulo, sentado en uno de los sillones grandes, con los ojos vueltos hacia la puerta del restaurante.

Memoricé lo que vi: era joven, quizá cuatro o cinco años más joven que yo. Tenía un pelo corto y castaño, ondulado, y ojos azul claro. Llevaba gafas de montura oscura y había estado leyendo. Vestía de forma acusada, con una chaqueta marrón de pana, un suéter blanco de cuello alto y pantalones grises. Su expresión delataba cierta vulnerabilidad y ansiedad, que en mi mente negaba cualquier posibilidad de peligro. Pero no me gustó que alguien se hubiese percatado de mí, y me pregunté quién sería y por qué estaría allí.

Si se trataba de otro ángel, quería saberlo. Y si era otro demonio, no podía comprender el método que empleaba.

La posibilidad del peligro era más que real. Lucky el Zorro siempre había tenido las antenas desplegadas ante cualquiera que pudiese estar vigilándole, ya fuesen enviados por enemigos o por su jefe.

Pero la verdad es que ese hombre no daba la talla de individuo peligroso. Ningún policía, ni ningún agente del Hombre Justo, me hubiese mirado tan directamente. Otro asesino jamás se habría dejado ver. Como mucho, el episodio servía para hacerme consciente de lo seguro que me sentía, aunque todavía había residuos de ansiedad por haberle revelado mi verdadero nombre al Hombre Justo.

Decidí olvidarlo. Di con un lugar tranquilo en el patio, donde el sol resultaba agradablemente cálido y la brisa era fresca. Llamé a Liona.

Oír su voz casi me provocó el llanto. Y sólo al charlar comprendí que habían pasado cinco días desde que ella y Toby habían vuelto a casa.

—Créeme —dije—. Quería llamarte antes. Desde que os fuisteis he estado pensando en los dos. Quiero volver a veros. Y pronto.

Ella también quería, dijo. Yo no tenía más que indicar lugar y día. Me explicó que había llevado al abogado todos los documentos que yo le había entregado. Su padre había quedado encantado de que yo me hubiese responsabilizado de mi hijo.

—Pero, Toby, hay algo que me ha estado incordiando —me explicó—. ¿Tus primos de aquí saben que estás vivo?

—No, no lo saben. Cuando vaya creo que debería visitarles.

—Hay algo que no te he contado, pero creo que debes saberlo. Hace unos tres años te declararon...

—¿Legalmente muerto?

—Sí, eso. Tu primo Matt sacó todas tus cosas, pasó por aquí y nos dio algunos de tus viejos libros. Toby, él sabía... le había contado que Toby era hijo tuyo.

—Eso está bien, Liona, me alegra. No me importa en absoluto que Matt lo sepa. No puedo echarte en cara que se lo dijeses.

—Hay más. Conoces a mi padre, sabes que ante todo es médico.

—Sí.

—Le pidió a Matt permiso para realizar algunos análisis de ADN sobre las pruebas tomadas en el apartamento de tu madre. Papá dijo que era por razones médicas, para saber cuáles podrían ser los problemas médicos en la familia de Toby...

—Comprendo. —Sentí un estremecimiento por todo el cuerpo. Luché por mantener la voz tranquila—. Está bien. Es totalmente razonable —mentí—. Matt dijo que sí y tu padre comprobó el ADN de mi familia y el del pequeño Toby. —Es decir, que había analizado un ADN cercano al de Lucky el Zorro. El corazón se me paró un segundo—. No estarás intentando decirme que hay algún problema congénito...

—No. Quería que lo supieses. Te creíamos muerto, Toby.

—Liona, no te preocupes. Está todo bien. Y me alegra que lo hicieseis. Tu padre está seguro de que el pequeño Toby es mi hijo.

—Eso también —admitió—. Tiene prueba de afinidad, como dice él, y con eso tendrá que valer.

—Escucha, mi amor —dije—. Tengo trabajo que hacer. Debo hablar con mi empleador. Y cuando sepa qué tengo programado, te llamaré de inmediato. Bien, estoy usando un móvil de prepago y ahora tienes el número. Llámame cuando quieras.

—Oh, no te molestaré, Toby —insistió.

—Si no contesto, es porque en ese momento no puedo —dije.

—¿Toby?

—Sí.

—Quiero que sepas una cosa, pero no pretendo asustarte.

—Claro. ¿El qué?

—Te amo —dijo.

Dejé escapar un largo suspiro.

—Me alegra mucho saberlo —susurré—. Porque mi corazón está en tus manos.

Colgué.

Me sentía extraordinariamente feliz e inquieto. Ella me amaba. Y yo la amaba a ella, y a continuación todas las otras verdades tenebrosas me interrumpieron, tan rápido que no podía nombrarlas o reconocerlas. Nadie que siguiese a Lucky el Zorro había conseguido nunca una muestra de ADN, pero ahora el Hombre Justo sabía que Lucky el Zorro y Toby O'Dare eran la misma persona, y en un archivo de Nueva Orleans había ADN de la familia de Toby O'Dare. Y estúpidamente yo le había contado al Hombre Justo que provenía de Nueva Orleans.

«Tienes cosas que hacer», había dicho Shmarya, y con razón. Sobre lo del ADN no podía hacer nada, y al final podría no importar, teniendo en cuenta cómo había ejecutado mis acciones, pero había otras cosas que podía y debía hacer con rapidez.

Pagué la cuenta en la Posada de la Misión y conduje hasta Los Ángeles.

Mi apartamento estaba como lo había dejado, con las puertas abiertas hacia el patio, y las flores de jacaranda todavía cubrían la tranquila calle.

Me vestí con las ropas de antaño y conduje hasta el garaje donde durante dos o tres años había guardado las furgonetas, los distintos disfraces y otros materiales. Durante horas, después de haberme puesto con cuidado los guantes y haberme cubierto la cabeza, fui destruyéndolo todo.

Nunca había preparado mis pócimas venenosas con sustancias sometidas a control. Básicamente, todos los cócteles letales que había inventado los había preparado con medicinas corrientes o con flores y hierbas disponibles en cualquier parte. Había empleado jeringuillas que cualquier diabético puede comprar sin dificultad. Aun así, las cosas que había en el garaje constituían una especie de prueba, y me sentí mucho mejor tras vaciar hasta la última botella y quemar el último artículo. Las cenizas cayeron por el desagüe. Seguidas de un buen chorro de agua.

Limpié con esmero las furgonetas y luego las llevé a distintas zonas de Los Ángeles, donde las abandoné con las llaves puestas. Las matrículas eran falsas y no tenía miedo a ese respecto. Recorrí a pie seis manzanas después de dejar la última, preguntándome si ya la habrían robado, y cogí un taxi hasta las inmediaciones del garaje.

Ahora estaba vacío. Dejé las puertas abiertas.

En cuestión de horas se llenaría de vagabundos, buscando cobijo o algún artículo de valor. Pronto sus pertenencias, sus huellas digitales y su ADN estarían por todas partes, y era un final adecuado, como lo había sido en el pasado, para cualquier garaje empleado por Lucky el Zorro.

Volví a casa sintiéndome algo más seguro y sintiendo

que Liona y Toby estaban algo más seguros. En realidad, no tenía seguridad de nada. Pero hacía lo posible por evitar que Lucky el Zorro hiciese daño a nadie.

La ansiedad que experimentaba era considerable e inevitable. Comprendí que independientemente de lo que pasase conmigo, Malaquías y Shmarya, para el mundo yo me estaba convirtiendo en Toby O'Dare, y éste realmente nunca había existido en el pasado como existía ahora. Me sentía desnudo y vulnerable, sensaciones que no me gustaban. De hecho, no me gustaban nada.

Esa noche cogí un vuelo a Nueva York.

Y al día siguiente repetí la misma operación en el garaje de allí. Había pasado casi un año desde que estuviera en esa estación de tránsito en concreto, y no me gustaba nada volver. Para mí, Nueva York contenía demasiados recuerdos horrorosos y ahora me resultaban especialmente sensibles. Pero sabía lo que era preciso hacer. Abandoné los vehículos en zonas donde era casi seguro que los robasen, y finalmente dejé el garaje como había dejado el otro: abierto para cualquiera que quisiese entrar.

Ya quería abandonar Nueva York, pero había algo que ansiaba hacer. Debía pensarlo muy bien antes de ejecutar mi plan. Pasé la noche y la mañana siguiente urdiendo todos los detalles. Me alegraba que los ángeles no me fuesen visibles. Ahora comprendía por qué era así. Y las condiciones de mi nueva existencia cada vez me resultaban más comprensibles.

Al llegar la tarde, salí del hotel y caminé en busca de una iglesia católica.

Caminé durante horas antes de llegar a una iglesia apropiada para mi objetivo; se trataba de una corazonada, pues no tenía ideas concretas.

Sabía simplemente que estaba en algún lugar de la ciudad, que llamé al timbre del refectorio y le dije a la mujer que me contestó que quería confesarme. Me miró las manos. Hacía calor y yo llevaba guantes.

—¿Puede decírselo al sacerdote más anciano? —le pedí.

No estaba seguro de si me había oído o me había entendido. Me llevó hasta una sala escasamente amueblada con una mesa y varias sillas de madera de respaldo recto. Había una pequeña ventana de cortinas polvorientas que permitía ver un patio asfaltado. De la pared colgaba un viejo crucifijo. Me senté y recé.

Esperé una media hora hasta que el anciano sacerdote entró. De haber sido joven, probablemente habría dejado un donativo y me habría ido sin decir nada. El hombre era anciano, algo consumido, con una gran cabeza cuadrada, y con gafas metálicas que se quitó y colocó sobre la mesa a su derecha.

Sacó la necesaria banda púrpura, una larga franja de seda que debía llevar durante las confesiones, y se la colocó al cuello. Su denso pelo gris estaba alborotado. Se recostó en la silla de madera y cerró los ojos.

—Bendígame, padre, porque he pecado —dije—. Han pasado más de diez años desde mi última confesión y me he situado muy lejos del Señor. Durante años cometí pecados terribles, demasiado numerosos para mencionarlos, y sólo puedo estimar aproximadamente en cuántas ocasiones he cometido una maldad.

Su expresión no cambió en absoluto.

—Acabé con vidas humanas deliberada y voluntariamente —continué—. Me decía a mí mismo que mataba a hombres malos, pero en realidad destruí la vida de personas inocentes, sobre todo al principio, y ahora no sé cuántas fueron. Después de esos crímenes iniciales, los más terribles, trabajé para una agencia que me empleó para matar a otros, y cumplí sus encargos al pie de la letra, asesinando a unas tres personas por año durante diez años. Esa agencia me dijo que ellos eran los buenos. Y creo que comprende por qué no puedo decir más de lo que ya he dicho. No puedo contarle quiénes eran esas personas, ni para quién concretamente cometí esos actos. Sólo puedo decirle que los lamento, y he jurado de rodillas no volver a dañar una vida humana. También he decidido recorrer el camino de la expiación, para compensar durante el resto de mis años lo que hice en esos diez. Dispongo de un director espiritual que conoce todo lo que he hecho y se encarga de dirigir mi expiación. Tengo la seguridad de que Dios me ha perdonado, pero he venido en busca de su absolución.

—¿Por qué? —preguntó con una profunda voz de barítono. No se movió ni abrió los ojos.

—Porque deseo comulgar de nuevo. Quiero estar en mi iglesia junto a otros que creen en Dios como creo yo, y quiero regresar una vez más al altar del Señor.

—¿Y tu director espiritual? —preguntó—. ¿Por qué

no te da él la absolución? —pronunció esta última palabra con fuerza, su voz casi un retumbar en el pecho.

—No es un sacerdote de la Iglesia católica romana. Es una persona con credenciales y juicio impecables, y su consejo guio mi arrepentimiento. Pero soy católico y por eso he venido aquí. —Y le expliqué que había cometido muchos otros pecados, pecados de lujuria, de avaricia y de descortesía. Detallé todo lo que se me ocurrió. Evidentemente, no había asistido a las misas de domingo. No había cumplido con las fiestas de guardar. No había celebrado festividades como la Navidad o la Pascua. Había vivido lejos de Dios. Le conté que como resultado de mis primeras indiscreciones tenía un hijo, y que ahora había establecido contacto con ese niño, y que casi todo el dinero que había ganado con mis actos del pasado lo había destinado ahora al niño y la madre del niño. Conservaría lo necesario para vivir, pero jamás volvería a matar.

»Le ruego su absolución —pedí al fin.

Se hizo el silencio.

—¿Eres consciente de que alguna persona inocente puede haber sido acusada de los crímenes que cometiste? —preguntó. Su voz de barítono se estremeció un poco.

—Por lo que sé, no ha sucedido nunca. Excepto mis acciones torpes al principio, todo lo que hice a sueldo fue secreto. Pero incluso en el caso de esos primeros asesinatos, me consta que no acusaron a nadie.

—Si acusan a alguien, tendrás que entregarte —dijo. Suspiró pero no abrió los ojos.

—Lo haré.

—Y no volverás a matar, ni siquiera para esos que se hacen llamar «los buenos» —murmuró.

—De acuerdo. Nunca. No lo haré en ninguna circunstancia.

Guardó silencio durante un momento.

—Ese director espiritual... —dijo.

—Le ruego que no me pregunte más por su identidad, de la misma forma que no me preguntaría por la identidad de aquellos para los que cometí asesinatos. Le ruego que confíe en que le digo la verdad. No he venido por ninguna otra razón.

Reflexionó. Una vez más la voz profunda surgió de su garganta.

—Sabes que es sacrilegio mentir durante la confesión.

—No he ocultado nada. No he mentido en ningún momento. Y le agradezco su compasión al no pedirme más detalles.

No respondió. Su arrugada mano descansó con cierta incomodidad sobre la mesa.

—Padre —dije—, es difícil para un hombre como yo convertirse en una persona responsable. Me resulta imposible confiarle mi historia a nadie. Me resulta imposible cruzar el espacio que me separa de esos seres humanos inocentes que jamás han cometido los actos horribles que yo he ejecutado. Ahora estoy entregado al Señor. Trabajaré para Él y sólo para Él. Pero soy un hombre de este mundo, y quiero asistir a mi iglesia con otros hombres y mujeres, quiero estar con ellos en la misa, quiero alargar las manos y coger las suyas mientras oramos al Señor bajo el techo de Dios. Quiero ir con ellos en la comunión y recibirla con ellos. Quiero ser parte de la Iglesia en este mundo en el que vivo.

Tomó aliento entrecortadamente.

—Di el acto de contrición —ordenó.

Pánico súbito. Era la única parte que no había repasado mentalmente. No recordaba la oración entera.

Dejé la mente en blanco excepto la idea de que hablaba con el Hacedor.

—Dios, lamento sinceramente haberte ofendido, y desprecio mis pecados porque me han separado de Ti, y aunque temo la pérdida del Cielo y los pesares del Infierno, lamento mis pecados por esa separación y el terrible daño que he causado a las almas cuyos viajes he interrumpido. Y no importa lo que haga porque jamás podré reparar los males que he cometido. Por favor, amado Dios, acepta mi arrepentimiento y concédeme la gracia de vivirlo todos los días. Permíteme ser tu hijo. Permite que los años que me quedan sean años a tu servicio.

Sin abrir los ojos, el sacerdote levantó la mano y concedió la absolución.

—¿He de hacer penitencia, padre? —pregunté.

—Haz lo que te indique tu director espiritual.

Abrió los ojos, se quitó la banda púrpura, la dobló y la devolvió al bolsillo. Estaba a punto de irse sin ni siquiera mirarme.

Saqué del bolsillo el sobre. Estaba lleno de billetes que había limpiado de cualquier huella. Se lo entregué.

—Para usted, la iglesia o lo que considere oportuno, mi donación —dije.

—No es necesario, joven —dijo. Me miró una vez con sus grandes ojos humedecidos y luego apartó la vista.

—Lo sé, padre. Pero deseo hacer esta donación.

Entonces aceptó el sobre y se marchó de la sala.

Salí y percibí el cálido aire de primavera acariciándome y tranquilizándome, y luego caminé de regreso a mi hotel. La luz resultaba dulce y agradable, y sentí un amor intenso por todas las personas desconocidas con que me cruzaba. Incluso la cacofonía de la ciudad me confortaba, el rugido y el estruendo del tráfico eran como el aliento de algún ser vivo o el latido de un corazón.

Al llegar a la catedral de San Patricio, entré, me senté en un banco y esperé a la misa.

El vasto y hermoso recinto me resultaba tan tranquilizador como siempre. Había venido a menudo, antes y después de empezar mi vida con el Hombre Justo. En ocasiones miraba durante horas al altar, o recorría los pasillos laterales examinando todo ese espléndido arte, y las distintas capillas. Para mí era el modelo de iglesia católica, con sus arcos elevados y una grandeza segura de sí misma. Me alegraba dolorosamente de estar allí, me alegraba dolorosamente de todo lo que me había sucedido recientemente.

Se formó una multitud de creyentes a medida que se hacía la oscuridad. Me acerqué al altar. Quería ver y oír la misa. En el momento de la consagración del pan y el vino, incliné la cabeza y lloré. No me importaba quién se diese cuenta. Cuando me puse en pie para orar, me quité los guantes y ofrecí las manos a los que estaban a mi lado.

Al acercarme a comulgar, no pude disimular las lágrimas. Pero no me importó. Si alguien se dio cuenta, yo no lo supe. Estaba tan solo como lo había estado siempre, cómodo en mi anonimato. Y simultáneamente estaba conectado con todo lo que pasaba allí, yo era parte de ese lugar y ese momento, y simplemente la sensación era gloriosa.

Y es perfectamente adecuado llorar cuando comulgas en una iglesia católica.

Después hubo un momento especial cuando me arrodillé en el banco con la cabeza inclinada, pensando en cómo el mundo, el gran mundo real que me rodeaba, podría considerar mis actos. El mundo moderno detestaba los rituales.

¿Qué significaban para mí los rituales? Todo, porque formaban el patrón que reflejaba mis sentimientos y compromisos más profundos.

Los ángeles me habían visitado. Había seguido sus afectuosos consejos. Pero ése era otro milagro. Y éste, el Milagro de la Presencia Real de Nuestro Señor en el pan y el vino, era otro. Y ahora ése era el milagro que me importaba.

No me importaba lo que pensase el ancho mundo. No me importaban los aspectos teológicos o lógicos. Sí, Dios está en todas partes, sí, Dios impregna todo el universo, y Dios también está aquí. Dios está aquí ahora, conmigo. Este ritual me ha llevado hasta Dios y a Dios hasta mí.

Dejé que mi comprensión de ese hecho quedase sin palabras y pasase a una aceptación silenciosa.

«Dios, por favor, protege a Liona y a Toby de Lucky el Zorro y todo lo que éste ha hecho, por favor. Permíteme vivir para servir a Malaquías, permíteme vivir por Liona y mi hijo.»

Dije muchas más oraciones... Recé por mi familia; recé por cada una de las almas que había enviado anticipadamente a la eternidad; recé por Ludovico; recé por el Hombre Justo; recé por las innumerables vidas anónimas que habían resultado alteradas por mis malos actos. Y luego di paso a la oración del silencio y sólo presté atención a la voz de Dios.

La misa había terminado hacía media hora. Abandoné el banco haciendo una genuflexión como antaño, y recorrí el pasillo, sintiendo una maravillosa sensación de paz y felicidad pura.

Al llegar al fondo de la iglesia, vi que la puerta lateral de la izquierda estaba abierta, pero no las puertas principales, por lo que salí a la calle por allí.

Al otro lado de la puerta había un hombre de pie, dando la espalda a la luz, y algo me llamó la atención, por lo que le miré directamente.

Era el joven de la Posada de la Misión. Llevaba la misma chaqueta de pana, con una camisa blanca abierta por el cuello bajo un chaleco de punto. Me miró. Parecía emocionado, como si estuviese a punto de hablar. Pero no lo hizo.

El corazón me martilleaba en los oídos. ¿Qué demonios hacía allí? Le dejé atrás y eché a andar en sentido contrario al hotel. Temblaba. Intenté repasar todas las posibilidades que pudiesen explicar ese extraño encuentro, pero la verdad es que no había muchas. O era una coincidencia o me seguía. Y si me seguía, entonces bien podría haberme visto ir al garaje de Los Ángeles y al de Nueva York. Era absolutamente insoportable.

En todos mis años como Lucky el Zorro jamás había sido consciente de que alguien me siguiera. Una vez más, maldije el día en que le revelé mi verdadero nombre al Hombre Justo, pero era incapaz de relacionar a aquel joven de aspecto extrañamente vulnerable con el Hombre Justo. ¿Quién era?

Mientras avanzaba por la Quinta Avenida estaba seguro de que aquel tipo venía detrás de mí. Podía percibirlo. Nos acercábamos a Central Park. El tráfico en dirección al centro era denso y ruidoso, el sonido irritante de las bocinas me enervaba, los humos de escape me escocían los ojos. Y sin embargo agradecía estar allí, en Nueva York, entre la multitud de principios de la noche, con gente por todas partes.

Pero ¿qué demonios podía hacer con mi perseguidor? ¿Qué podría hacer? Desde luego, no podría hacer lo que Lucky el Zorro habría hecho. No podía ejercer violencia. Ésa ya no era una opción. Y eso de pronto me hizo enfadar. Sin esa opción me sentía atrapado.

Eché un breve vistazo a ver si lo distinguía y al bajar el bordillo para cruzar la calle le entreví casi a mi espalda.

De pronto, dos manos recias me agarraron de los brazos y tiraron con fuerza de mí. Trastabillé contra el bordillo y caí hacia atrás. Un taxi pasó raudo frente a mí, saltándose el semáforo, provocando gritos a ambos lados. El coche casi me atropella.

Estaba muy conmocionado.

Por supuesto, pensé que habían sido Malaquías y Shmarya los que me habían salvado. Pero al volverme a comprobar quién era, allí estaba el joven, a pocos centímetros de mí.

—Ese coche podría haberte matado —dijo con una voz educada pero nada familiar.

El taxi chocó contra algo o alguien al otro lado de la avenida. El ruido fue horrible.

La gente ya volvía a dispersarse, enfurruñada porque obstruíamos la acera.

Pero quería ver bien a aquel joven, así que no me moví. Él se quedó a pocos metros de mí, mirándome a los ojos más o menos como en la catedral.

Era realmente joven. Veintipocos. En cierta forma parecía implorarme.

Me volví y me acerqué a la pared más próxima. Me siguió. Era exactamente lo que había esperado. Yo estaba furioso. Furioso por que me hubiese seguido, furioso por que me hubiese salvado del taxi. Furioso por que no me tuviese miedo, por que se hubiese atrevido a acercarse tanto, por que tan temerariamente se hubiese dejado ver.

Yo era una furia perfecta.

—¿Cuánto llevas siguiéndome? —le espeté, intentando que los dientes no me castañetearan, tan furioso me sentía.

No respondió. Él mismo estaba muy alterado. Lo apreciaba en pequeños gestos del rostro, la forma de mover los labios sin decir nada, el nerviosismo de sus ojos.

—¿Qué quieres de mí? —exigí.

—Lucky el Zorro —dijo en voz baja—. Quiero que hables conmigo. Quiero que me digas quién te envió a matar a mi padre.

29 de enero, 2010

Nota de la autora

Las canciones del serafín son obras de ficción. Sin embargo, hechos reales y personas reales inspiraron algunos episodios de estos libros. Se ha realizado todo el esfuerzo posible para presentar el entorno histórico con toda precisión.

La trágica desfiguración y posterior mutilación de un muchacho judío en Florencia, en 1493, se describe con detalle en *Public Life in Renaissance Florence*, de Richard G. Trexler, publicado por Cornell University Press. Sin embargo, no se indica nada en ninguna de las fuentes que he localizado sobre la identidad del joven, sus parientes o su destino final. En esta novela he hecho uso de esas fuentes para crear una versión ficticia de ese incidente.

La flor llamada «Muerte Púrpura» es ficticia. Por razones obvias no quería incluir en el libro detalles sobre un veneno real.

Mis fuentes principales para esta novela fueron dos

libros de Cecil Roth, uno muy extenso titulado *The History of the Jews of Italy* y otro más breve pero no por ello menos informativo, *The Jews of the Reinaissance*, ambos publicados por la Jewish Publication Society of America. Parte de la Jewish Community Series, traducida por Moses Hadas y asimismo publicada por la Jewish Publication of America, también fue una ayuda tremenda. También me ayudó *Jewish Life in Renaissance Italy*, de Robert Bonfil, traducido por Anthony Oldcorn y publicado por University of Chicago Press. *The Renaissance Popes*, de Gerard Noel, también me fue de ayuda y tengo una deuda con Noel por el detalle de que el papa Julio II almorzaba caviar todos los días.

Consulté muchos otros libros sobre Roma, sobre Italia y sobre los judíos en el mundo durante ese período histórico, y son demasiados para detallarlos aquí. Cualquiera que desee descubrir más encontrará recursos abundantes.

Una vez más, mi reconocimiento para Wikipedia, la enciclopedia de Internet.

En cuanto al laúd del Renacimiento, escuché mucha música mientras escribía este libro, pero me inspiró especialmente un disco llamado *The Renaissance Lute*, de Ronn McFarlane. Debo recomendar la selección número 7, titulada «Passemeze». Tal pieza demostró ser especialmente evocadora, y me imaginé a mi héroe, Toby, tocándola durante sus horas finales en el Renacimiento.

Una vez más, mi reconocimiento por la existencia y la

belleza de la Posada de la Misión en Riverside, California, y la hermosa misión de San Juan de Capistrano.

Y una vez más mi agradecimiento con fervor especial para la Jewish Publication Society of America por toda su labor de investigación en el campo de la historia judía.